Manchmal kommt es besser als geplant

1. Auflage, November 2022

Kontakt:
Instagram: *sandra_diemer_autorin*
TikTok: *sandra_diemer_autorin*
Facebook: *sandra diemer autorin*

Lektorat:
Lektorat Der letzte Schliff, www.derletzteschliff.de

Covergestaltung:
Sandra Diemer
Das Cover wurde erstellt mit Canva (www.canva.com) unter Verwendung des dort verfügbaren Bildmaterials.

Layout:
Susanne Jauss, jauss-lektorat.de

Sandra Diemer

Manchmal kommt es besser als geplant

Roman

Die Autorin

Sandra Diemer wurde am 17. Februar 1983 in der Nähe von Heidelberg geboren. Schon als Kind liebte sie es, Geschichten zu schreiben. Ihre große Leidenschaft ist es zu reisen, auch allein. Dabei erlebt sie unzählige Abenteuer, die ihr als wahre Grundlage für ihre Geschichten dienen. Leicht abergläubisch und ganz getreu dem Motto »Folge dem, was dich glücklich macht, und alles Weitere wird sich fügen« hat sie sich ihren Traum vom Schreiben erfüllt und mit dem Veröffentlichen von Büchern begonnen. Ihr erstes Werk »Lies dich glücklich« war Finalist des Kindle Storyteller X Awards 2022. Sandra lebt gemeinsam mit ihren Kindern und ihrem Partner in Grünwald bei München.

Mehr private Eindrücke von Sandra sowie alles rund um ihre Veröffentlichungen findest du hier:
Instagram: *sandra_diemer_autorin*
TikTok: *sandra_diemer_autorin*
Facebook: *sandra diemer autorin*

Für meine Freundinnen.
Danke, dass es euch gibt.

Ein kleines Hallo an dich

Bevor du Heather durch ihr Abenteuer begleitest, möchte ich dir dabei viel Spaß wünschen! Das Schönste, was mir passieren kann, ist, dass ich dich dazu inspiriere, den Mut zu finden, dir selbst die Frage zu stellen, ob du nicht auch den einen oder anderen Traum hast, den du vielleicht gerne in Erfüllung gehen lassen würdest. Hab Vertrauen in dich und deine Träume – und lass das Leben fließen. Dein Herz kennt den Weg, und es wird dich immer leiten, denn alles, was du wirklich mit dem Herzen und wachsamen Augen tust, wird am Ende gut … Und so wirst du vielleicht sogar – Stück für Stück – nicht nur diesen einen Traum, sondern irgendwann alle deine Träume leben!

Nun wünsche ich dir viel Freude mit meinem Buch und eine wundervolle Reise in die Südstaaten der USA!
Deine Sandra

Irgendwo über dem Atlantik

»Hühnchen oder Pasta?« Die Flugbegleiterin strahlt mir, geduldig auf meine Antwort wartend, entgegen. »Hühnchen oder Pasta?«, hallt ihre Frage in mir nach. Wenn das nur immer so einfach wäre, aber nicht einmal diese Frage kann ich gerade beantworten. Hühnchen theoretisch nicht, weil ich seit Monaten darum bemüht bin, weitgehend vegan zu leben; Pasta allerdings auch nicht, da ich mir einbilde, Bauchschmerzen von Gluten zu bekommen.

»Was wäre denn die glutenfreie, vegane Alternative?«, wage ich vorsichtig zu fragen und schenke der Dame mein unschuldigstes Lächeln.

»Die hätten Sie, strenggenommen, vorab online buchen müssen, aber ich schau gleich einmal nach, was wir haben, ich meine aber, es ist Tofu mit Reis«, beantwortet sie mir freundlich meine Frage und erwartet meine Entscheidung. Ich spüre, wie ich rot werde.

»Okay, vielen Dank, aber ich habe eine Sojaallergie, ich glaube, dann gibt es heute leider nichts für mich auf diesem Flug.«

»Das tut mir leid!«, schließt sie meinen Fall ab und wendet sich an meine blonde glücklich strahlende Sitznachbarin.

Ohne mit der Wimper zu zucken, verleibt diese sich nun ihre Pasta ein, trinkt dazu eine Dose Fanta und isst anschließend eine Packung Schokolinsen. Frustriert sinke ich in meinen Sitz. Das Leben meiner Nachbarin wirkt so frei und unkompliziert.

Ich nehme einige tiefe Atemzüge, schließe meine Augen und versuche, mich ganz der Meditation hinzugeben, die ich mir extra für den Flug heruntergeladen habe. »Du bist vollkommen! Lass alle Gedanken kommen … und lass sie wieder weiterziehen … Atme tief durch die Nase ein und durch den Mund wieder aus …!« fließen die Worte mit beruhigender Stimme aus dem Kopfhörer in mein Ohr. Doch mein Magen macht der Entspannung einen ordentlichen Strich durch die Rechnung. Er rumort nun so laut, dass selbst meine ausgeglichene Sitznachbarin mich vorwurfsvoll anschielt und mir die Reste ihrer Schokolinsen hinhält. Ich verneine freundlich, lege meine Hände auf den Bauch und versuche, die knurrenden Geräusche meines Magens abzudämmen, aber es hilft alles nichts. Dabei hatte ich doch alles so akribisch bis ins letzte Detail geplant: Ich hatte zwei Wecker gestellt und bin vor dem ersten Klingeln schon aufgewacht. Bereits am Vorabend hatte ich geduscht und die Kleidung für den Tag in der Reihenfolge, wie ich sie anziehen würde, auf meinen Stuhl neben dem Bett zurechtgelegt. Mein Koffer stand gepackt vor der Wohnungstür, der Reiserucksack lag darauf, die Schuhe standen daneben. Wie gesagt, es war alles perfekt geplant, und bis zu dem Moment, an dem die erste U-Bahn ausgefallen war, lief auch alles nach Plan. Pünktlich um 7:20 Uhr hatte ich das Haus verlassen, um - drei Stunden später als geplant und schweißgebadet - am London Heathrow Airport anzukommen.

Dort drängelte ich mich panisch und mittlerweile schwitzend an den artig in Zweierreihen stehenden anderen Reisenden vorbei, um nach der Sicherheitskontrolle in einen Zug zu springen, der mich zu Terminal 1 bringen sollte. Am Terminal angekommen, musste ich feststellen, dass mein Flug auf Terminal 5 verlegt worden war. Also zurück in den Zug. Die zahlreichen Essensstände flogen wie ein langer

Film an mir vorbei. Bei meiner Planung hatte ich vorgesehen, mir an einem dieser Stände ein Frühstück to go zu gönnen. Dieses wollte ich genüsslich am Gate essen, während ich lesend auf das Boarding warten würde.

Als ich endlich mein Gate bei Terminal 5 erreicht hatte, war ich - nach der Dame vom Bodenpersonal, die unmittelbar hinter mir das Gate schloss - die letzte Person, die das Flugzeug betrat. Der Weg zum Sitzplatz glich einem Catwalk. Alle bereits angeschnallten Passagiere hatten ihre prüfenden Blicke auf mich gerichtet. Gott sei Dank war das noch einmal gut gegangen, und als ich mich endlich auf meinem Sitz niederließ, spürte ich die erste Entspannung des Tages in mir aufsteigen.

Nun stehe ich allerdings vor dem Problem, dass ich nicht nur mein Frühstück verpasst, sondern auch keine Aussicht auf ein Mittagessen habe. Ein prüfender Blick auf meine Uhr verrät mir, dass es 13:00 Uhr ist. In genau sieben Stunden werden wir in Atlanta landen. Der Weiterflug nach Jacksonville ist in zehn Stunden anberaumt. Wenn alles nach Plan läuft, bleiben mir in Atlanta drei Stunden. Suchend krame ich in meinem Rucksack. Ich habe normalerweise immer Snacks für

Notfälle bei mir. Gestern Abend noch hatte ich fünf Proteinriegel in eine kleine Tüte zusammengepackt und in meinen Rucksack geschoben. Schlagartig drängt sich das Bild einer älteren kurzhaarigen Dame mit weißen Plastikhandschuhen an der Sicherheitskontrolle wie ein böser Traum in mir auf – Mist! Ich habe, als ich in der Hektik vorhin meinen Rucksack ausräumen musste, nicht darauf geachtet, meine Tasche wieder ordentlich zu packen, und meine geliebten und für den absoluten Notfall vorgesehenen Riegel mussten der Sicherheitskontrolle zum Opfer gefallen sein! Vorwurfsvoll meldet sich erneut mein Magen, und zwar deutlich und unüberhörbar. Moment, rasen meine Gedanken weiter, wenn ich die Riegel nicht wieder zurück in den Rucksack gepackt habe, habe ich dann eventuell noch weitere Dinge der Sicherheitskontrolle gespendet? Wie von der Tarantel gestochen beuge ich mich erneut zu meinem Rucksack und bleibe dabei versehentlich am Knie meiner Sitznachbarin hängen.

»Tschuldigung!«, lächle ich sie hektisch an und bemerke die Katastrophe: Mein Laptop sowie mein Tagebuch sind auch nicht mehr im Rucksack! Na, bravo, Heather, das hast du ja alles super hinbekommen! Verzweifelt lasse ich meinen Kopf auf den ausgeklappten Tisch vor mir fallen, der an der Rücklehne meines Vordersitzes befestigt ist. Das Knurren meines Bauches ist erstmal verstummt.

»Entschuldigen Sie!«, werde ich ungeduldig von der Seite angetippt. »Verzeihen Sie bitte vielmals, aber ich muss mal dringend für kleine Mädchen!«

Es ist meine fröhliche Sitznachbarin, die mich mit großen Augen erwartungsvoll aus meinem Schlaf reißt. Es muss ein Verzweiflungsschlaf gewesen sein, nicht anders kann ich mir erklären, dass ich hungrig und unter diesen Umständen in einem Flugzeug eingeschlafen bin.

»Mein Tagebuch! Mein Laptop!«, schießen mir die Gedanken wieder ins Bewusstsein.

Mir wird übel. Hastig drücke ich den Knopf über mir, um Hilfe herbeizurufen. Die nette Flugbegleiterin von vorhin erscheint mit demselben geduldigen Lächeln.

»Hören Sie zu, ich weiß, das mag alles etwas seltsam klingen, aber mir ist etwas flau im Magen, ich brauche dringend einen Schluck Wasser!«, flüstere ich ihr zu.

Etwas verwirrt schaut sie sich um und erwidert: »Nein, Madame, das klingt überhaupt nicht seltsam, natürlich bringe ich Ihnen ein

Glas Wasser! Aber ist alles in Ordnung mit Ihnen? Sie sehen etwas blass aus um die Nasenspitze! Vielleicht doch noch etwas zum Essen für Sie?«

Mein Magen rumort nun tatsächlich unaufhörlich. »Es ist mir wirklich unangenehm, aber ja, wenn Sie doch noch etwas von der Pasta hätten, wäre ich Ihnen überaus dankbar!«

»Aber sicher doch, ich schau, was sich machen lässt!«, sagt sie freundlich. *Chloe* lese ich gerade noch auf ihrem Namensschild, ehe sie sich davonmacht, um wenige Minuten später wieder mit einem vollbeladenen Tablett zu erscheinen. »Ich dachte, Sie könnten ein bisschen mehr vertragen!«, lächelt Chloe mich herzlich an und stellt alles vor mir ab.

Meine Sitznachbarin, die inzwischen wieder zurück an ihrem Platz ist, lächelt mich gut gelaunt an und zwinkert mir zu. Irgendwie habe ich andauernd das Gefühl, sie möchte mich mit ihrer fröhlichen Laune anstecken. Ich lächle kurz zurück und verschlinge mein Essen. Anschließend suche auch ich die Toilette auf und wasche mir endlich ordentlich die Hände und mein verschwitztes Gesicht.

Allmählich komme ich auch gedanklich im Flugzeug an. Was für ein Tag! Sobald wir in Atlanta ankommen, muss ich schleunigst zu einem Informationsschalter und die Sache mit meinem Laptop und dem Tagebuch klären! Die Proteinriegel brauche ich jetzt jedenfalls nicht mehr.

Hartsfield-Jackson Atlanta International Airport

Die Anschnallzeichen erklingen und der Landeanflug auf Atlanta beginnt. Das Starten und Landen fasziniert mich stets: Dem Start wohnt ein neuer Anfang inne und die Landung führt den Neuanfang in ein sicheres Ende. Ein bisschen wie das Leben läuft, wenn man mutig ist. Doch ich bin meist nicht mutig, obwohl ich es gerne wäre.

»Ist es nicht unglaublich, wie klein von hier oben dort unten alles aussieht, wohingegen, wenn man dann unten ist, alles so groß und überwältigend erscheint?«, flüstert mir meine Sitznachbarin plötzlich philosophisch zu. Ich erschrecke kurz, aber ihr aufgeregtes Strahlen nimmt mir jegliches Gefühl der Beklemmung.

»Steph«, stellt sie sich vor und streckt mir ihre Hand entgegen. »Ich bin Stephanie, aber meine Freunde nennen mich Steph, du darfst das auch, wenn du möchtest!«

Ein wenig verdutzt, dass Steph nun noch beim Landeanflug ein Gespräch beginnt, stelle ich mich ihr als Heather vor. Ich muss zugeben, dass sie mich mit ihrer Aussage zum Nachdenken angeregt hat, und füge hinzu: »Es wäre schön, wenn das ganze Leben in dieser Stille und Ruhe stattfinden könnte, wie sich die Welt von hier oben präsentiert. Ich habe das Gefühl, es ist alles nur noch laut und hektisch!«

Steph stimmt mir zu, ihre Augen funkeln immer noch. »Was machst du in Atlanta, warum kommst du hierher?«, fragt sie neugierig.

»Ich habe hier nur einen Zwischenstopp, ich fliege weiter nach Jacksonville.«

»Das ist ja unglaublich!«, ruft Steph lauter, als sie es eventuell beabsichtigt hat. »Ich fliege auch weiter nach Jacksonville! Ich bin dort auf einer Hochzeit von einer früheren Schulfreundin eingeladen. Die hat vielleicht ein Glück, sich ihren Traumprinzen in Florida geangelt zu haben!«

»Ich finde in London nur ängstliche Frösche und garstige Kröten!«, füge ich lachend hinzu. Kichernd schauen wir wieder aus dem Fenster.

»Und was bringt dich nach Jacksonville?«, bohrt sie neugierig weiter.

»Ich habe da eine Gastfamilie, die ich unbedingt einmal wieder besuchen möchte. Viel zu lange war ich nicht da und habe das dringende Bedürfnis, sie endlich wiederzusehen! Es ist wunderschön dort, sie wohnen außerhalb von Jacksonville, in Atlantic Beach. Ich habe das Gefühl, meine Seele ruft nach ein bisschen Seelenfrieden nach den letzten Monaten.«

»Oh, das klingt nicht gut. Ich habe dir den ganzen Flug über schon eine Anspannung angemerkt, aber ich wollte dir nicht zu nahe treten. Jetzt, wo uns der Zufall aber gemeinsam in den nächsten Flieger setzt, können wir ja nachher am Flughafen eine Kleinigkeit zusammen essen und ein bisschen quatschen, wenn du Lust hast? Die haben sicher auch etwas Glutenfreies irgendwo«, boxt sie mich zwinkernd in die Hüfte.

Obwohl ich Stephanie noch überhaupt nicht kenne, habe ich große Lust darauf. Irgendwie mag ich sie auf Anhieb. Sie scheint so unkompliziert zu sein und wirkt so fröhlich. Wie macht sie das nur?

»Ja, das klingt klasse, sehr gerne, aber ich muss vorher dringend noch etwas sehr Wichtiges erledigen!« Beim Gedanken an mein Tagebuch und meinen Laptop schnürt es mir direkt wieder den Magen zu. Mein Tagebuch und dessen Inhalt ist das eine, aber das Laptop? Es könnte nicht praller gefüllt sein mit vertrauenswürdigen Daten aus dem Büro.

Ein heftiges Schütteln reißt mich aus meinen Gedanken und wir rollen bremsend über die Landebahn. Steph und ich verabreden uns um 14:30 Uhr am Gate Richtung Jacksonville und ich gehe ohne Umwege zum Informationsschalter. Als ich dort ankomme und die entsetzlich lange Schlange sehe, bereue ich es für einen Moment, nicht doch einen Umweg über die Toilette gemacht zu haben. Aber ich habe Glück und die Schlange löst sich schneller auf als erwartet.

»Wie kann ich Ihnen behilflich sein?«, fragt mich die etwas gelangweilt wirkende Dame am Schalter, während sie Kaugummi kaut.

»Ich habe eine wichtige Bitte an Sie, ich hoffe, Sie können mir helfen«, beginne ich und erkläre ihr mein Problem. Stillschweigend reicht sie mir ein Dokument und bittet mich kurz und knapp, dieses auszufüllen und ihr zurückzubringen, was ich umgehend mache. Als ich ihr das Formular reiche, schaut sie mich fragend an.

»Ähm, können Sie mir eventuell sagen, wie lange die Bearbeitungszeit in etwa sein wird?«, stoße ich vorsichtig räuspernd hervor.

»Manchmal geht es schneller, manchmal dauert es etwas, aber versprechen kann ich Ihnen hier gar nichts. Ich weiß nicht, ob Sie Ihr«, sie pausiert und schielt auf mein Formular, »Laptop und Ihr Tagebuch je wiedersehen werden, ich würde mir da keine allzu großen Hoffnungen machen!«

»Ja, aber warum denn nicht, wo soll das Problem sein, meine persönlichen Dinge am selben Ort am Flughafen wiederzufinden, wo ich diese verloren habe, wenn ich doch sogar genau das Terminal und die Verluststelle angeben kann?«, frage ich leicht zornig.

»Hören Sie, Mrs, ich bin hier kein Sorgentelefon. Ich komme in der Früh hierher, verrichte meine Arbeit und gehe am Abend wieder nach Hause. Hätte ich Detektivin werden wollen, hätte ich das getan. Und jetzt entschuldigen Sie mich bitte, es warten noch andere Gäste in der Reihe hinter Ihnen!«

Wütend laufe ich in Richtung des Treffpunkts, an dem Steph und ich uns verabredet haben. Ich bin richtig froh, jetzt nicht allein zu sein. Nach all meinen Dramen heute fühlt sie sich ohnehin schon wie eine Verbündete an, weshalb ich Freude daran habe, sie wiederzusehen. Ich hoffe, ihre gute Laune kann mich etwas aufheitern. Als ich um die Ecke biege, sehe ich sie auch schon in freudiger Erwartung am Gate stehen. Ohne den Bildschirm über ihr eines Blickes zu würdigen, fange ich an, über die unfreundliche Dame am Informationsschalter zu schimpfen, aber Steph mahnt mich lächelnd zur Ruhe.

»Shhh, Heather, das kannst du mir gleich in aller Ruhe erzählen, aber wir haben Handlungsbedarf, schau mal!«, zeigt sie strahlend nach oben. »Der Flug wurde annulliert, wir kommen heute so nicht nach Jacksonville! Ich würde sagen, wir zwei Hübschen nehmen uns schleunigst einen Mietwagen und machen einen Roadtrip! Wie lange hast du Zeit?«

Flug annulliert? Roadtrip? Um mich zu vergewissern, dass ich Steph richtig verstanden habe, schaue ich noch einmal prüfend auf den Bildschirm und anschließend in ihr aufgeregtes Gesicht.

»Wie kannst du dabei so gelassen bleiben?«, frage ich sie fassungslos, »ich hatte alles so genau geplant und es läuft einfach überhaupt nichts nach Plan, wie kann das nur sein?! Normalerweise funktionieren meine Pläne einwandfrei!«, platzt es aus mir heraus, doch bevor ich dicke Tränen der Verzweiflung vergieße, klatscht Steph aufgeregt in die Hände und entgegnet: »Dann wird es wohl höchste Zeit, deine ganze Planerei einmal gut sein zu lassen, wenn das Ganze eh nichts bringt. Schau! Das ist ein Zeichen aus dem Universum!«

Bevor ich es mir anders überlegen kann, packt sie mich am Handgelenk und zieht mich hinter sich her zur Autovermietung.

»Guten Tag, Sir, haben Sie zufällig ein schickes Cabrio zu einem Sonderpreis für zwei einsame gestrandete Damen aus England zur Verfügung? Wir sehen uns spontan zu einem Roadtrip gezwungen!«, flötet sie charmant.

Nach nur fünf Minuten klimpert sie strahlend mit einem Schlüsselbund, inklusive Gutschein.

»Die Airline zahlt – schließlich können wir doch nichts dafür, dass dieser blöde Flug annulliert wurde!«

Beeindruckt starre ich sie an »Kommt mir gerade so vor, als würdest du so etwas ständig tun!«

»Was meinst du?«, fragt sie und schaut mich wieder mit ihren großen Augen an.

»Na, Probleme lösen, Mietwägen buchen, Gutscheine anfordern und um dein Recht verhandeln!«, stoße ich bewundernd hervor. »Meine Gedanken sind immer noch damit beschäftigt, dass mein Laptop sowie Tagebuch in London Heathrow liegen, mein Weiterflug gestrichen wurde und meine ganzen Pläne den Bach runtergehen!«

»Siehst du, genau das ist das Problem! Ich verstehe, dass du dich auf deine Pläne gefreut und Arbeit hineingesteckt hast, aber vergiss nicht, mein Weiterflug wurde auch gestrichen. Denk bloß nicht, das war bei mir anders, aber wenn binnen einer Sekunde jemand Fremdes oder eine höhere Macht deine Pläne umschmeißen kann, dann kannst du das erst recht, oder etwa nicht? Also, ich finde, das ist man sich dann zur Belohnung schuldig!«, grinst sie mich an. »Ich musste das auch erst lernen, aber es hat funktioniert, und jetzt geht es mir besser damit. Komm! Ich erzähle dir das später im Auto oder irgendwann, aber lass uns schnell unsere Koffer und etwas zu essen holen, ich habe echt Kohldampf!«

Stephs Worte arbeiten in mir. Sich belohnen für schiefgegangene Pläne? Stocksteif, aber dankbar, dass sie einen Plan B für uns beide aus der Tasche gezaubert hat, stehe ich am Kofferband.

Ich hatte alles so perfekt aufeinander abgestimmt. Nach der Landung wollte ich mit dem Bus 108 nach Downtown Jacksonville fahren, um dort in einem sehr gut bewerteten Restaurant zu essen. Oh, Mist! Die Reservierung muss ich nun auch noch stornieren, hämmert es mir umgehend durch den Kopf. Anschließend wollte ich mir ein Taxi nehmen und nach Atlantic Beach ins Sea Turtle Hotel am Strand fahren, um dort die erste Nacht zu verbringen. Nach dem Joggen am Morgen Richtung Mayport im Norden hatte ich mir schon das Shelby's unweit meines Hotels zum Frühstücken ausgesucht, um anschließend …

»Steph an Heather, bist du da?!«, unterbricht Steph mein Kopfkino. »Wo bist du denn mit deinen Gedanken? Ist das dein Koffer?«, zeigt sie auf einen einsamen lilafarbenen Koffer, der eisern seine Kreise auf dem Gepäckband zieht. »Nun wundert es mich nicht mehr, dass du dein halbes Handgepäck an der Sicherheitskontrolle verloren hast!«, scherzt sie.

Ups! Meine Gedanken hatten mich wirklich wieder zerfressen. Mürrisch schaue ich sie an. Vielleicht hat Steph ja recht, diese starren Pläne machen mich wirklich noch verrückt. Ich bin ständig blockiert dadurch. Wäre ich manchmal nur ein klein wenig präsenter, könnte ich viele Situationen mehr genießen, und vor allem hätte ich meine zwei so wichtigen Besitztümer dann nicht verloren. Ich kann echt nur hoffen, dass die unfreundliche Dame am Schalter ihren Job macht und meine Dokumente weiterleitet.

Ich bin ein bisschen neidisch auf Steph. Ihr Leben wirkt so leicht und unbeschwert. Von nun an nehme ich mir vor, auch alles etwas lockerer zu sehen. Ich kann es dennoch nicht lassen, auf dem Weg zum Auto die Reservierung für das Restaurant in Jacksonville am Abend abzusagen.

Das Cabrio ist fabelhaft! Formschön und nach Freiheit schreiend präsentiert es sich frisch poliert auf dem Parkplatz vor uns. Entzückt schießen wir Fotos und Selfies und verladen unser Gepäck.

»Los geht's in Richtung Abenteuer!«, ruft Steph, die sich ungefragt hinters Steuer schmeißt. »Wo wollen wir schlafen?«

Ich verfalle erneut in eine Schockstarre. »Ähm, ich dachte, wie geplant in Atlantic Beach, in dem Hotel, das ich für heute Nacht gebucht habe?«, gebe ich vorsichtig von mir.

»Papperlapapp! Wir werden doch nicht einfach nur schnurstracks ans Endziel und in irgendein Hotel fahren, wenn wir schon mal die Möglichkeit haben, dieses Baby hier für drei Tage völlig kostenfrei durch die Südstaaten zu kutschieren! Lass uns was Verrücktes machen! Was Cooles! Warte!« Sie zückt ihr Handy.

»Das Sea Turtle ist nicht irgendein Hotel«, werfe ich zu meiner Verteidigung ein.

»Shhh, du weißt schon, was ich meine, warte!« Steph tippt zielstrebig auf ihrem Display herum und gibt anschließend Tybee Island, Georgia, ins Navi ein. »Das sieht super aus da! Lass uns dort schlafen heute Nacht. Du kannst doch in drei Nächten noch in deinem Hotel schlafen, ruf dort mal an!«

Angetan von ihrer Leichtigkeit und immer noch tief entschlossen, meine Steifheit, die ich mir über die letzten Jahre antrainiert habe, etwas abzulegen, greife ich tatsächlich zu meinem Handy und wähle die Nummer des Sea Turtle Hotels.

»Ähm, ja, Heather Flagler hier, es tut mir wahnsinnig leid, aber es gab Komplikationen mit meinem Flug …«

»Und? Was haben sie gesagt?«, fragt mich Steph, nachdem ich aufgelegt habe.

»Alles kein Problem, ich konnte meine für heute gebuchte Nacht einfach um drei Nächte verschieben.«

»Na, siehst du! Ich bin stolz auf dich, toll gemacht, ist doch alles nicht so schwer!«, klatscht sie in die Hände. »Lass uns essen, kannst du mir mein Wrap reichen?«

Ich verteile unsere Speisen, die wir nach der Autoübernahme in einem lecker aussehenden Deli-Restaurant am Flughafen gekauft haben, und genieße dabei tatsächlich für eine Weile die warme Sommerluft auf der Haut, den freien Himmel über mir und das Lebensgefühl, das dieser Moment mit sich bringt.

»Steph? Darf ich dich was fragen?«

»Na klar doch, schieß los! Du nennst mich Steph, das heißt, ich bin nun offiziell deine Freundin, du darfst mich alles fragen!«, lacht sie, während ihre blonden Haare durch den Fahrtwind wild vor ihrem Gesicht tanzen.

»Wie hast du es geschafft, so zu werden? Also, ich meine, dein Leben sieht so leicht und so unkompliziert aus, du siehst alle Probleme mit so einer Leichtigkeit! Du bist hier auf einer Hochzeit eingeladen und hattest sicher auch Pläne vorab. Ich hingegen hatte einfach nur vor, für zwei Wochen allein unterwegs zu sein und habe keine terminliche Verpflichtung und tu mich dennoch so unfassbar schwer damit, die Tatsache abzuhaken, dass es heute und morgen nicht so ablaufen wird, wie ich es theoretisch geplant hatte. Mein ganzer Tag lief schon katastrophal, trotz peinlichst genauer Vorbereitungen!«

»Schön, dass du fragst. Ich hatte gehofft, dass du so etwas in der Art fragst! Weißt du, als ich im Flugzeug gesehen habe, wie schwer es dir schon fiel, dich nur für ein Mittagessen zu entscheiden, habe ich mich augenblicklich an mein früheres Ich erinnert. Du hast mir leidgetan und warst mir deshalb direkt sympathisch! Ich wusste, das war mein Aufruf, dich zu retten.«

»Haha, ich möchte kein Mitleid!«, unterbreche ich sie. »Mir geht es ja gut, es ist nur …«

»Stopp, genau das meine ich, weißt du!«, unterbricht sie mich. »Wenn es dir so gut ginge, dann müsstest du mir das nicht erklären, ich würde es sehen und spüren, aber ich sehe und spüre das Gegenteil. Und ich glaube auch ein bisschen an Schicksal. Irgendwie habe ich das Gefühl, dein Tag sollte heute so beschissen laufen, du solltest neben mir sitzen und wir sollten uns kennenlernen – damit wir am Ende zusammen hier in diesem wunderschönen Auto sitzen und das Leben einfach genießen. Jetzt siehst du nämlich, dass nur deine Planung beschissen lief, aber nicht dein Tag, habe ich recht?«, meint Steph, streckt mir ihre freie Hand entgegen und ich schlage ein.

»Und wie recht du hast!«

Abgesehen von der Geschichte mit dem Laptop und dem Tagebuch hatte sich der Tag wirklich wunderbar entwickelt.

Tybee Island

Die Fahrt vergeht wie im Flug. Begleitet von Sonnenschein und guter Musik passieren wir das wunderschöne Ortsschild. Auf einem hellblauen wellengeformten Holzschild steht in dunkelblauer tropischer Schrift »Tybee Island«. Direkt dahinter erstreckt sich eine Parkfläche aus hellem Kies, an deren Seite eine weiße Informationstafel aus dem Boden ragt. Fotos von einem Pier mit Blick aufs Meer, einem wunderschönen Sandstrand, Muscheln und Informationen zum lokalen Farmers' Market springen uns entgegen.

»Wow, es ist himmlisch hier!«, rufe ich mit Erstaunen aus.

»Ja, nicht? Ich bin auch beeindruckt, es ist schon am Ortseingang alles so schön hier! Ich fühle mich einfach immer gleich wohl an der Atlantikküste der Südstaaten. Dieses Fleckchen Erde hat einen ganz eigenen Charme! Komm, lass uns schauen, ob wir nicht direkt in einer Unterkunft am Wasser schlafen können, so eine Art Sea Turtle Hotel gibt es doch bestimmt auch hier. Lass uns mal zur Touristeninformation gehen!«

Wenig später parken wir unser Auto an einem süßen weißen Strandbungalow mit mintfarbenen Fensterläden. Das Häuschen ist umrahmt von langstieligen Palmen und steht mitten im Sand. Dahinter erstreckt sich auch schon der Strand. Über dem Eingang auf der Veranda hängt ein Schild mit einer eingravierten Ananas. Nur wenige Stufen führen auf die Veranda. Wir klingeln, wie an der Touristeninformation besprochen, dreimal kurz und einmal lang - und die Tür öffnet sich automatisch.

»Magie!«, ruft Steph erstaunt aus.

Wir stolpern hinein und stehen direkt inmitten eines wunderschönen hellen Raums. Die Wände sind hellgelb gestrichen und in der Mitte lädt ein weißes Stoffsofa zum Verweilen ein. Davor steht ein kleines Tischchen aus Korbgeflecht. Der Raum ist durch die vielen Fenster lichtdurchflutet und die weißen Vorhänge wehen leicht im Wind, der durch eines der geöffneten Fenster hindurchströmt. Links vom Sofa befindet sich eine offene Küchenzeile mit ausreichend Zubehör und ein weißes Holzregal, auf dem wunderschönes, altes Porzellan bereitsteht. Hinter der Tür rechts vom Sofa präsentiert sich ein hübsches, sehr gepflegtes Badezimmer.

»Der Ananas-Bungalow ist ein sehr besonderes Örtchen, unbedingt zu empfehlen. Ihr habt Glück, dass er heute Nacht freisteht, normalerweise ist er jede Nacht ausgebucht!«, hatte der freundliche Herr an der Touristeninformation uns beim Aushändigen der Schlüssel noch mit auf den Weg gegeben.

»Irgendetwas an seiner Aussage war leicht mystisch, findest du nicht auch?«, schaue ich Steph fragend an.

»Ja, da muss ich dir zustimmen, so in der Art, als habe es mit dieser Unterkunft etwas ganz Besonderes auf sich. Sowieso frage ich mich, warum ein so süßes Häuschen an einem solch magischen Platz direkt am Strand nur vermietet und nicht bewohnt wird.«

Stephs Aussage macht mich stutzig. Unmittelbar muss ich an mein Tagebuch denken. Sie hat recht, das hat etwas Eigenartiges, ein bisschen so wie in einem meiner wiederkehrenden Träume, die ich oft aufschreibe … Auch da komme ich an einem Häuschen an einem einsamen Strand an, und es fühlt sich an, als würde ich dort etwas suchen oder als würde dort etwas auf mich warten, aber immer wieder erwache ich ohne Antwort. In meinen Tagträumen komme ich nun manchmal auch schon dorthin und suche, aber außer einem unbeschreiblich schönen Wohlgefühl finde ich nichts, was sich in Worte fassen ließe.

Steph muss meine geistige Abwesenheit bemerkt haben, denn sie fragt direkt: »Alles okay bei dir?«

»Ja, es ist nur, wegen meinem Tagebuch … und dem Laptop. Ich kann den Gedanken nicht beiseiteschieben, dass ich beides vielleicht nie wieder bekomme.«

Ich versuche, die gesamte Situation locker darzustellen, aber so ganz mag mir das nicht gelingen. Steph nickt verständnisvoll.

»Davon musst du mir sowieso noch mal genauer berichten. Komm! Lass uns kurz duschen und irgendwo hier am Wasser was Schönes essen gehen, dann erzählst du mir alles.«

Im Crab-Shack-Restaurant

»Was ist denn nun los mit deinem Laptop? Also, eigentlich interessiert mich ja das Tagebuch viel mehr, da man sowas nicht einfach ersetzen kann, aber irgendetwas Heikles muss es ja auch mit dem Laptop auf sich haben, dass es dich so piesackt. Du sagtest doch, es sei von der Arbeit. Also, verstehe mich nicht falsch, aber dann ist es doch wirklich nicht sooo schlimm … Oder hast du etwa extrem persönliche Fotos darauf gespeichert?«, sprudeln die Fragen nur so aus ihr heraus, als wir wenig später im Crab-Shack-Restaurant an einem schnuckeligen Tisch auf der Terrasse sitzen.

»Nun ja, die Sache mit dem Laptop ist die …«, beginne ich, als ein junges Mädchen namens Casey an den Tisch kommt und sich für den heutigen Abend als unsere Kellnerin vorstellt. »Ach, ist auch egal. Aber auf jeden Fall hätte ich gerne mein Tagebuch wieder, denn wie du sagst, so etwas kann man nicht ersetzen. Es trägt ja die Worte meines Herzens in sich, weißt du?«

»So einfach kommst du mir nicht davon«, schmunzelt Steph. »Es ist sicher nicht leicht, darüber zu reden und dich mir zu öffnen, vor allem, weil wir uns - auch wenn sich das nicht so anfühlt - erst heute kennengelernt haben, aber vielleicht hilft es dir ja erstmal, Worte zu finden, die umschreiben, was du denkst oder fühlst. Schließlich kannst du diese ja sonst auch aufschreiben, dir wird bestimmt was einfallen. Lass es uns doch so machen: Heute Abend bin ich quasi dein lebendiges Tagebuch, das ausnahmsweise mal antworten kann, hihi!«, schlägt sie mir vor.

Mit ihrer Art macht sie es mir leicht. Die Idee, mich ihr mitzuteilen, fühlt sich irgendwie sogar ein bisschen erleichternd an.

»Du bist lieb, Steph, mir ist das aber ein wenig peinlich. Ich spreche tatsächlich mit niemandem über meine Träume, geschweige denn über mein Tagebuch, aber vielleicht gerade, weil wir uns erst so frisch kennen und du das Universum erwähnt hast, habe ich das Gefühl, mich dir anvertrauen zu können, ich bin nämlich auch ein bisschen abergläubisch … Aber versprich mir, dass du mich nicht auslachen wirst!«

Casey kommt zurück und nimmt unsere Bestellung auf. Sehr darum bemüht, meine Bestellung nicht zu sehr zu durchdenken, halte ich mir, während Steph bestellt, meine Ohren zu und bestelle anschließend einfach blind, was sie sich bestellt hat. Darauf stoßen wir lachend mit dem Tischwasser an.

»Hör zu Steph, es ist so … Aber denke bitte nicht, dass ich spinne …«

Casey erscheint erneut, diesmal mit den Getränken. Eine erfrischende hausgemachte Limonade mit extra crushed Ice und Zitrone, genau die richtige Erfrischung an diesem herrlichen Abend – mit Blick auf die Atlantikküste Georgias.

»Also normalerweise trinke ich keine gesüßten Getränke, aber …«, beginne ich wieder.

»Hör jetzt einfach damit auf, dich stets zu rechtfertigen, das ist völlig egal, heute trinkst du das einfach mal und gut ist. Und nun schieß los, ehe Casey wiederkommt!«, unterbricht sie mich ungeduldig und prostet mir demonstrativ zu.

»Na gut, also wie auch immer. Es gibt sozusagen zwei Heathers. Die eine Heather saß mehr oder weniger im Flugzeug heute neben dir, nur eben ohne ihr Laptop. Diese Heather funktioniert wie ein Roboter. Das Laptop habe ich immer bei mir, falls sich mein Chef, Dr. Matthews, meldet. Weißt du, ich habe einen gut bezahlten Job. Einen, wie man ihn so schnell nicht wiederfindet, und deshalb möchte ich auch, dass mein Chef weiß, dass er immer auf mich zählen kann. Diese Tugend hat mich immerhin von seiner Sekretärin zu seiner Chefsekretärin befördert und mit dem Posten als Chefsekretärin kann ich mir alle Türen in die namhaftesten Unternehmen dieser Welt öffnen!«

»Okay, verstehe …«, nickt Steph und verzieht dabei leicht ihre linke Augenbraue.

»Also, und diese Heather führt ein sehr geordnetes Leben. Ich führe nahezu jeden Tag dieselben Handlungen in derselben Abfolge durch. Das fängt mit der Joggingrunde am Morgen an, beinhaltet drei vorher durchdachte Mahlzeiten und endet am Abend beim Tagebuchschreiben, bevor ich zu Bett gehe.«

Stephs strahlend große blaue Augen haben sich inzwischen zu einem leicht fragenden Ausdruck zusammengezogen.

»Mhm …«, gibt sie nahezu unhörbar von sich.

Ich fahre fort: »Diese Heather hat quasi dieses Leben. Das Laptop begleitet sie durch den Tag. Hierauf trage ich meine gelaufenen Kilometer ein und meine Kalorienzufuhr. Zudem habe ich darauf eine tolle App installiert, mit der ich mir ganz einfach meine bereits vorkonfigurierten Speisen zum Lunch ins Büro bestellen kann, und natürlich ist das Laptop auch mein Arbeitsgerät. Ich nehme es überall mit, damit ich, wie ich ja bereits erwähnt hatte, jederzeit schnell eine Kleinigkeit für meinen Chef erledigen oder auf seinen Terminkalender und seine Buchungen zugreifen kann. Weißt du, jetzt, wo ich Chefsekretärin bin, möchte ich ihn natürlich erst recht nicht enttäuschen, denn wenn man sich einmal den Ruf ruiniert hat, kann man diesen Job ganz schnell an den Nagel hängen! Hätte ich dich heute nicht getroffen, ich sag's dir, ich wäre vor Anspannung durchgedreht!«

Ich will erst gar nicht wissen, wie viele E-Mails schon von Dr. Matthews eingegangen sind, auf die ich nicht wie gewöhnlich umgehend geantwortet habe, mir wird schon ganz schlecht bei dem bloßen Gedanken.

»Und weißt du, was auch noch ganz schlimm für mich ist?«

Steph schüttelt den Kopf.

»Das Schlimme ist nicht nur, dass ich dieses verdammte Laptop am Flughafen habe liegen lassen und meinem Chef nicht dienlich sein konnte, sondern auch, dass ich mich irgendwie selbst habe dort liegen lassen, verstehst du, was ich meine?«

Steph atmet tief durch und nimmt einen großen Schluck von ihrer Limonade.

»Okay«, sagt sie und legt dabei beruhigend ihre Hand auf meinen rechten Unterarm. »Darf ich dich unterbrechen?«

»Aber natürlich darfst du das. Aber mach mir bitte keine Vorwürfe, ich weiß, dass das keine Heldentat war und ich meine gute Position riskiere!«

»Heather, Schatz, stopp! Nun bitte ich dich sehr höflich darum, mir meine folgenden Worte nicht übelzunehmen und mir einmal gut zuzuhören. Ich bin ein sehr ehrlicher Mensch und ich möchte auch ehrlich mit dir sein, denn ich mag dich. Ich sagte dir ja heute Mittag bereits, dass du mich an mein altes Ich erinnerst und mir leidtust … Aber hier können wir nicht mehr von Leidtun sprechen, dies ist ein Notfall!« Nachdenklich hält sie ihre Hand vor den Mund und zwirbelt an ihrer Unterlippe, ehe sie einen Stift und einen kleinen Notizblock aus ihrer Tasche holt.

»Heather, Schätzchen, Routinen sind super. Routinen sind etwas sehr Wertvolles, um sich seinen Tag zu strukturieren. Sie schulen einen darin, an sich zu glauben und sich selbst zu vertrauen, und schöne Routinen wie der erste Kaffee am Morgen oder der Power-Walk bei Vogelgezwitscher bringen auch Freude. Aber das, was du da machst, hat doch bei Weitem nichts mehr mit Routinen zu tun! Mein Herz schmerzt, wenn ich dich reden höre – und ich frage mich: Wo sind deine Gefühle bei alldem? Der Spaß? Wo ist deine Intuition? Heatherlein, du hast dich völlig abgerichtet! Du lebst in einem total starren Konstrukt und redest dir das selbst schön, merkst du das denn nicht? Ich stelle dir nun ein paar Fragen, aber ich werde sie dir aufschreiben, dann kannst du, wann immer du möchtest, in Ruhe darüber nachdenken …«

Steph beginnt auf einen Zettel zu kritzeln und als sie kurz später fertig ist, reicht sie mir diesen.

»Ich hoffe, du kannst meine Schrift lesen. Ich kann dir diese Fragen auch alle stellen, aber ich glaube, es macht Sinn, dass du sie auch schwarz auf weiß hast …«

Neugierig nehme ich ihre Notiz entgegen. Casey kommt und stellt zwei unfassbar lecker aussehende Teller vor uns ab.

»Ich habe hier zweimal den Crabcake-Burger mit Quinoa-Brötchen und frischem

Brokkoli-Salat, die Damen, lasst es euch schmecken!«

»Das sieht ja fabelhaft aus«, staune ich, »das hätte ich mir nie bestellt, du weißt, da könnte Gluten drin sein!«

»Da IST garantiert Gluten drin, aber das ist heute Abend egal, in deinem Glas ist auch Zucker, und aktuell sitzt du noch mit Pulsschlag vor mir! Sofern du keine Zöliakie hast, bin ich guter Dinge, dass du den Abend mit mir überleben wirst«, zwinkert sie mir lachend zu. »Lass es dir schmecken, meine Liebe.«

Und wie ich es mir schmecken lasse. Stillschweigend genießen wir unsere Speisen. Der Burger ist unglaublich lecker und eine köstliche Zitronen-Mayonnaise rundet den feinen Krabbengeschmack perfekt ab.

»Das war ein Gedicht!«, stoße ich hervor, als ich den letzten Bissen runterschlucke. »Wow! Ich will nicht wissen, was ich da die letzten Jahre alles verpasst habe!«

Steph, die auch gerade fertig ist und sich ihre Hände an einem Frischetuch saubermacht, nickt zustimmend.

»Weißt du, Heather, ich bin wirklich froh, dass uns das Schicksal heute zusammengeführt hat. Es macht mich so glücklich, dich gerade so satt und zufrieden vor mir sitzen zu sehen. Dein Ausdruck heute im Flugzeug war so unendlich angespannt. Das, was hier gerade stattfindet, das ist doch das Leben, Heather, und soweit wir wissen, haben wir erst einmal nur dieses eine, wir sollten es nicht vergeuden, indem wir uns konditionieren! Ich muss mal schnell für kleine Mädchen und ich weiß, dein Kontrollsystem wird gleich laut Nein schreien, aber bestelle uns doch bitte inzwischen ein leckeres Dessert, ich lass mich überraschen!«

Steph schiebt mir die Speisekarte zu und verschwindet auf die Toilette. Interessiert greife ich nach ihrer Notiz, ich bin gespannt, was genau ich herausfinden soll, denn irgendwie ist mir das selbst offenbar nicht so klar wie ihr.

Möchtest du immer erreichbar sein (nicht nur für deinen Chef)?
Welches Gefühl hast du, wenn du immer erreichbar bist?
Ist es in der Tat dein Traumjob, Chefsekretärin zu sein?
Wie definierst du denn das Wort Traumjob für dich?
Was sind deine Träume?
Lebst du deine Träume?

Kannst du den Moment genießen, wenn du gerade keinen Plan hast bzw. nicht weißt, wie es weitergeht?
Was macht dich glücklich?
Wenn du das weißt – bist du denn gerade glücklich?

Die Fragen sind gut – und so klar formuliert. Ich spüre, dass ich die Antworten, ohne lange zu überlegen, bereits in mir trage, aber ich falte den Zettel schnell wieder klein und konzentriere mich auf die Karte, schließlich möchte ich Steph wirklich überraschen, wenn sie gleich zurückkommt.

Ich winke Casey zu mir und bestelle nochmals zwei der köstlichen Limonaden, diesmal zur Abwechslung mit Blutorangengeschmack und Minze sowie zweimal Key Lime Pie. Ich liebe Key Lime Pie und habe sie viel zu lange nicht mehr gegessen.

»Das perfekte Dessert, wenn man schon einmal hier an der Küste ist, unsere Pie schmeckt auch wirklich köstlich!«, flötet Casey, während sie meine Bestellung aufnimmt.

»Na, hast du was Schönes gefunden auf der Karte?«, strahlt mich Steph an, als sie wieder Platz nimmt.

»Das wirst du gleich sehen!«, zwinkere ich ihr nun zu, und schon kommt Casey mit den beiden dunkelrot leuchtenden Limonadengläsern zurück. Diesmal sind diese wie ein Cocktail garniert. »Ich dachte, als kleine Abwechslung zum Vorgetränk darf's diesmal auch optisch ein bisschen üppiger sein, ihr wart vorhin schon allein vom Geschmack so begeistert!«

»Hmmm, wow, das sieht himmlisch aus, ich bin gespannt, welches Dessert darauf folgt!«, prostet Steph mir fröhlich zu.

Schweigend blicken wir aufs Meer, das allmählich in der Dämmerung versinkt. Stephs Fragen arbeiten in mir. Das Geräusch der zwei Teller, die auf unserem Tisch abgestellt werden, holt mich aus meinen Gedanken.

»Lasst es euch schmecken, ihr zwei Süßen!«, haucht Casey.

»Ich liebe Key Lime Pie! Überraschung gelungen!«, klatscht Steph freudig in die Hände und steckt sich genüsslich die erste Gabel in den Mund.

Die Torte sieht wirklich köstlich aus. Neugierig und mit wässrigem Mund genehmige auch ich mir den ersten Bissen – und bin im siebten Himmel.

»Ich fühle mich wie auf einer Zitronenwolke!«, schmatze ich, als gerade die perfekt gebackene Meringue auf meiner Zunge zergeht, »unbeschreiblich, wie lecker dieses Stückchen Torte ist!«

Kauend und mit geschlossenen Augen nickt Steph mir zu. Zufrieden verschlingen wir unsere Pies und nachdem Casey die leergeputzten Teller abgeräumt hat, schnappen wir uns unseren Virgin Cocktail und ziehen um auf die kuschelige Hollywoodschaukel, die uns schon beim Betreten dieser schnuckeligen Terrasse ins Auge gesprungen ist.

»Weißt du«, beginnt Steph leise, als wir beide das Wellenspiel im Mondschein betrachten, »ich bin jetzt vierunddreißig - ich vermute, wir sind in etwa gleich alt?«

»Ja, fast, ich bin zweiunddreißig«, erwidere ich zügig. Ich bin neugierig, worauf sie hinaus möchte.

»Vor sieben Jahren ging es mir exakt wie dir. Ich war im Controlling einer namhaften amerikanischen Firma in London und durch die Zeitverschiebung nahezu pausenlos im Einsatz. Tag für Tag folgte ich meiner starren Struktur: Ich stand pünktlich um 5:20 Uhr auf, ging in das firmenzugehörige Fitnesscenter, holte mir danach einen Detox-Smoothie und einen Bagel - und saß dann zwölf Stunden an meinem Schreibtisch. Am Abend stoppte ich auf meinem Heimweg stets beim selben Asiaten, um anschließend erschöpft ins Bett zu fallen. Meine Samstage verbrachte ich mit Haushalt und Wäschemachen und nach einem Museumsbesuch am Sonntag ging ich noch früher schlafen als sonst, um für die Woche fit zu sein. Jeden Monat freute ich mich über mein ansehnliches Gehalt, weshalb ich immer am ersten Sonntag eines jeden Monats loszog, um mich mit einem schicken, neuen Accessoire fürs Büro zu belohnen. Ich redete mir ein, glücklich zu sein und es geschafft zu haben, schließlich konnte ich mir alles leisten und hatte in der Firma einen guten Ruf. Das Ganze ging fürchterliche drei Jahre so. Ich sage bewusst fürchterlich, denn ich sollte durch ein schicksalhaftes Ereignis feststellen, wie leer mein Leben damals war, denn anschließend wollte ich keine Sekunde mehr in dieses Leben zurück!«

»Was ist denn passiert?«, dränge ich Steph, ihre Erzählung fortzusetzen.

»Es war im Oktober, genau genommen am 8. Oktober 2015. Ich war auf dem Nachhauseweg und es war schon dunkel. Es regnete stark und ich hatte einen extrem harten Tag hinter mir. In meinen Gedanken ging ich noch mal die Präsentation für den nächsten Morgen durch, an der ich den ganzen Tag gesessen hatte, und ging völlig unachtsam über die Straße. Ich vernahm noch ein lautes Hupen und ein Quietschen von Autoreifen, aber da war es bereits zu spät. Ich hatte mich wirklich von einem Auto anfahren lassen und sowohl mich als auch den Fahrer durch meine Unachtsamkeit in Gefahr gebracht!«

»Was? Das ist ja schrecklich, was war dann? Was ist dir denn passiert?« Erschrocken über Stephs Unfallbericht schaue ich an ihr herab, um noch einmal zu überprüfen, ob sie gerade tatsächlich unversehrt vor mir sitzt.

»Das Auto hat mich erwischt und einige Meter weit mitgerissen. Ich bin dann mit dem Hinterkopf auf dem Gehweg aufgeprallt und erlitt eine riesige Platzwunde. Der Fahrer kam direkt herbeigeeilt, um mir zu helfen. Ich weiß noch, dass er unheimlich süß war und so besorgt, aber dann erlischt meine Erinnerung. Ich bin in der Tat erst ganze drei Wochen später im Krankenhaus aus dem Koma erwacht!«

»Steph, das ist ja fürchterlich! Ich, ich wusste gar nicht, ich meine, man merkt dir gar nicht an, dass …«, versuche ich die passenden Worte zu finden, aber sie unterbricht mich.

»Man merkt es mir körperlich nicht an, aber alle, die mich von früher kennen, erkennen mich nicht wieder, da ich an diesem Abend quasi neu geboren wurde. Das mag jetzt vielleicht seltsam klingen, aber der Unfall hat mir eigentlich mein Leben gerettet. Ich war dabei, in meinem Leben zu ersticken. Ich dachte damals, das wäre das perfekte Leben, aber durch den

Unfall wurde alles anders. Erst einmal war es so, dass ich von der Firma entlassen wurde – trotz meiner herausragenden Arbeit –, da sie sich meinen Ausfall nicht erlauben konnten und schnell einen Ersatz finden mussten. Ich habe eine richtig schöne Entschädigung bekommen, aber ich war sehr gekränkt darüber, dass man mich einfach so ersetzt hatte, nach all meinem Einsatz. Das Nächste war, dass ich seither sehr schnell Kopfschmerzen bekomme und mich nicht lange konzentrieren kann, weshalb schnell klar war, dass ich nicht länger einen solchen Job machen konnte – und plötzlich ohne jegliche Freunde, Hobbys und Interessen dastand. Ich hatte, nachdem ich aus dem Koma erwacht war und mehr und mehr wieder ins Bewusstsein gekommen war, schmerzlich festgestellt, dass ich mich überhaupt nicht um mich, Stephanie Davies, gekümmert hatte, sondern nur um eine Rolle von mir. Ich wusste im Prinzip gar nicht, wer ich eigentlich war – und was meine Träume waren … Und das war meine Rettung. Manch einer hätte sich womöglich in diese Position zurückgekämpft, aber durch Allen wurde mir klar, dass das Universum Besseres für mich vorgesehen hatte. Verzeih mir bitte meine Worte, aber ich war genauso streng mit mir und steif wie du, und ohne diesen Unfall würde ich heute noch in diesem Hamsterrad rennen und erst recht nicht mit dir hier sitzen.«

»Und wer ist dieser Allen?«, frage ich etwas verdutzt. »Entschuldige, ich verstehe nicht ganz …«

»Ach so, entschuldige, das kannst du ja auch nicht wissen. Allen ist die Liebe meines Lebens, er ist der süße Mann, der das Auto fuhr. Dieser verrückte Kerl saß anschließend Tag für Tag allabendlich mit meinen Eltern an meinem Krankenhausbett, bis ich aus dem Koma erwacht bin. Kannst du dir so etwas vorstellen? Unmittelbar nach dem heftigen Aufschlag auf meinen Kopf, als er da so plötzlich über mir gebeugt stand, war es bereits um mich geschehen, dann fiel ich ins Koma, und als ich wieder erwachte und die Augen öffnete, stand er wieder genauso über mich gebeugt da und schaute mich an. Wir schauten uns in die Augen, unmittelbar bevor ich ins Koma fiel, und direkt, als ich wieder daraus erwachte. Von da an war alles klar!«

»Wow!«, stimme ich in ihr ansteckendes Lachen mit ein, »das nenne ich mal Liebe auf den ersten Blick!«

Fröhlich bezahlen wir und fallen erschöpft und satt in unsere Betten.

Strandgeflüster

Am Morgen erwache ich bereits vor Steph aus meinem Schlaf. Die Fensterläden sind geöffnet, sodass die Strahlen der aufsteigenden Sonne mich aus meinen Träumen kitzeln. Erneut schließe ich schnell meine Augen wieder – in der Hoffnung, noch ein klein wenig länger meinen Traum zu genießen.

Ich lief nur mit einem Hauch von Nachthemd bekleidet durch den Bungalow auf die Terrasse, durch den Sand und unter den Palmen hindurch. Ich hatte die ganze Zeit über das Gefühl, etwas zu suchen, aber mir war nicht klar, was. Ich lief ganz vor bis zum Meer. Ich fühlte mich wohl und geborgen. Die Suche war mehr ein Gefühl als ein tatsächliches Suchen. Es glich mehr dem Gefühl, als würde ich spüren, dass irgendetwas in der Nähe eine enorme Kraft ausstrahlte, und ich wollte herausfinden, was es war. Urplötzlich kniete ich aber auch schon auf einem Stand Up Paddle-Board, und um mich herum schwammen Delfine und Schildkröten. Irrwitzigerweise hatten sie süße kleine Münder und lachten mich an. Ich muss grinsen, denn manchmal ist es schon lustig, was sich das Gehirn so zusammenbraut im Schlaf … Ich reibe mir meinen Kopf, ans Einschlafen ist jedoch nicht mehr zu denken. Leise tapse ich aus dem Bett und husche ins Bad nebenan. Ich wasche mir kurz mein Gesicht, binde mir meine Haare zusammen und gehe barfuß aus dem Häuschen. Die Morgenluft, die mich begrüßt, ist noch herrlich frisch, und der feine Sand, der mich direkt vom Ananas-Bungalow mit dem angrenzenden Strand verbindet, fühlt sich samtig unter meinen Füßen an. Ich nehme ein paar tiefe Atemzüge und gehe Richtung Wasser. Kürzlich hatte ich einen Artikel über Traumdeutung gelesen. Die Quintessenz war, dass Träume dem Träumenden Gefühle spiegeln, nach denen man sich sehnt oder die man gerade durchlebt. Das passte definitiv auf meinen Traum: Er war einfach nur schön gewesen, alle waren so frei, und er war lustig. Im Prinzip spiegelte er mein Lebensgefühl wider, das mich seit gestern begleitete, seit ich mit Steph in diesem Cabrio gelandet war. Normalerweise wäre dieses Abenteuer nur ein Wunschtraum in meinem Tagebuch gewesen.

Nach einer Sitzmöglichkeit suchend, schaue ich mich um, entscheide mich dann aber, mich einfach in den Sand plumpsen zu lassen. Ich greife nach Stephs Notiz, die ich vor dem Verlassen des Bungalows noch schnell in meinen kleinen Rucksack gesteckt hatte, und gehe die Fragen noch einmal ganz in Ruhe durch. Sie sind wirklich spitzfindig; Steph ist spitzfindig. Es ist erstaunlich, wie schnell sie mich durchschaut hat.

Zögerlich nehme ich mein Handy aus der Tasche. Ich hatte mich gestern auf der Fahrt dazu gezwungen, es auszuschalten. Die Angst, Dr. Matthews über den Verlust des Laptops zu informieren, versetzt mich in bloße Panik. Vorsichtig entsperre ich es und deaktiviere den Flugmodus. Wenige Sekunden später blinken mir fünfundzwanzig verpasste Anrufe, Text- und Sprachnachrichten auf meiner Mailbox entgegen. Nur eine davon ist von meiner Mutter, die sich um mein Wohlergehen sorgt und wissen möchte, ob ich gut gelandet bin, alle anderen sind von Dr. Matthews. Vorwurfsvolle Nachrichten und Töne treffen nach und nach ein und je tiefer ich mich in den Dschungel der ungelesenen Nachrichten hineinbegebe, desto unfreundlicher wird der Tonfall. Schnell schicke ich meinen Eltern ein Foto von diesem wunderschönen Fleckchen Erde, das sich gerade vor mir erstreckt, und eine Sprachnachricht, in der ich Entwarnung gebe – und aktiviere umgehend wieder den Flugmodus. Es fällt mir schwer, die Vorwürfe der Firma abzustreifen, obwohl ich mich in meinem wohlverdienten Jahresurlaub befinde. Erneut hallen Stephs Worte vom gestrigen Abend in mir nach.

Dein Ausdruck heute im Flugzeug war so unendlich angespannt. Das, was hier gerade stattfindet, das ist doch das Leben, Heather, und soweit wir wissen, haben wir erst einmal nur dieses eine …

Ich zücke einen roten Stift aus meinem Mäppchen und streiche den ersten Satz dick durch. Nacheinander befasse ich mich mit all ihren Fragen, schließe zufrieden meinen Stift und laufe zurück zum Ananas-Bungalow.

»Guten Morgen, hübsche Heather, wie geht es dir?«, empfängt mich Steph schon direkt in bester Laune aus dem Bad rufend.

»Guten Morgen, du Sonnenschein! Ich habe mich schon klarer gefühlt, aber immerhin habe ich von lachenden Tieren geträumt!«, entgegne ich.

Steph lehnt sich ein Stück zurück, um mich durch den Spalt der geöffneten Tür zu erblicken, und mustert mich von oben bis unten. »Klingt verrückt, aber unklar steht dir! Hast du auch Hunger? Lust auf den Farmers' Market? Der ist doch heute, da lässt sich bestimmt was Leckeres finden!«

Himmlisch, diese Leichtigkeit, fast schon ansteckend. Ich bewundere Steph und zwinge mich, meine bereits aufkommenden Sorgen um das eventuell ungesunde Speisenangebot auf dem Farmers' Market zu ignorieren. Ich beschließe, mich nach dem Urlaub wieder in meine Routine zurückzubegeben, aber mir hier wenigstens hin und wieder etwas zu gönnen. Es fühlt sich einfach zu gut an, dieses Leben.

Nachdem wir unsere Taschen im Auto verladen und die Tür hinter uns zugezogen haben, düsen wir schweren Herzens los. Vielleicht sollten wir bleiben, träume ich, aber verwerfe den Gedanken schnell wieder im Fahrtwind.

Auf dem Farmers' Market

»Schau mal, Heather! Das Häuschen auf dem alten Gemälde hier sieht ja aus wie unser süßer Ananas-Bungalow von letzter Nacht!«

Erstaunt hält Steph mir ein Acrylgemälde auf Leinwand vor die Nase.

»Und wie!«

Wir begutachten es von allen Seiten, um herauszufinden, ob wir irgendetwas entdecken können, das uns etwas über das Bild oder dessen Entstehung verraten könnte. Auf der Rückseite finden wir eine alte schnörkelige Handschrift, ganz unten in der rechten Ecke:

My Pineapple Dream – by Marie Stewart 1957

»Schau nur, Steph, wie wunderschön sie das schreibt! Und der Name des Gemäldes lässt so viel Leidenschaft vermuten! Wir müssen es kaufen, schon allein zum Andenken, das Häuschen ist einfach so magisch! Komm, vielleicht hat der Verkäufer da drüben auch eine Information dazu, oder vielleicht sagt ihm ja der Name dieser alten Dame zumindest etwas!«

Mich hatte die Aussage des Mitarbeiters am Visitor-Center schon gestern neugierig gemacht, als er sagte, der Ananas-Bungalow sei ein ganz besonderes Häuschen und wir hätten Glück.

»Ich habe das Gefühl, wir sollten der Sache ein bisschen nachgehen.« Aufgeregt strahle ich Steph an.

»Schau sie dir an!«, sagt sie stolz und zeigt mit beiden Zeigefingern auf mich. »So gefällst du mir! Lass uns nach dem Essen direkt dort hingehen und fragen, ob wir noch eine weitere Nacht bleiben können. Die Hochzeit ist am Freitag und heute ist erst Sonntag, ich habe es also noch nicht so eilig, weiterzukommen.«

»Perfekt, lass uns das machen!«, stimme ich ihr neugierig zu. »Ich hätte auch nichts dagegen einzuwenden, noch etwas länger hierzubleiben.«

Als wir den Verkäufer nach Details zum Gemälde fragen, kann dieser uns nicht weiterhelfen. Er kennt weder die Künstlerin noch den

Ananas-Bungalow und erklärt uns, dass er hobbymäßig den Trödel für andere verkauft, er sich aber leider nicht daran erinnern kann, von wem er dieses gute Stück bekommen hat. Nach nochmaliger Betrachtung schüttelt er erneut ratlos den Kopf.

»Nein, tut mir wirklich leid, so gerne ich Ihnen helfen würde, aber nach all der Zeit, in der ich dieses Bild schon in meinem Keller habe, kann ich mich beim besten Willen nicht mehr erinnern. Ich kann Ihnen nur so viel dazu sagen: Sie haben Glück, denn ich habe es heute zum ersten Mal dabei, und es ist wirklich wunderschön! Ich wünsche Ihnen auf jeden Fall viel Freude damit!«

Nachdem wir bezahlt haben, stärken wir uns an einem der Stände mit einem leckeren Frühstück und fahren mit unserem Cabrio zum Visitor-Center zurück.

»Dreizehn Dollar war ja wirklich ein Schnäppchen für dieses tolle Gemälde und eine solch kostbare Erinnerung an unser besonderes Zusammentreffen! Aber sag mal, findest du es nicht auch seltsam, dass schon wieder jemand im Zusammenhang mit diesem Häuschen sagt, wir hätten Glück?«, rätsle ich, noch immer verwundert über diesen Fund. »Lass es uns doch auch dem netten Mann am

Empfang zeigen, vielleicht hat er ja eine Idee dazu, schließlich hat er ebenso diese geheimnisvolle Bemerkung zum Bungalow gemacht, erinnerst du dich?«

»Ja, du hast recht, super Idee!«, erwidert Steph.

Freudig, uns wiederzusehen, begrüßt uns Gregory, wie wir seinem Namensschild entnehmen, am Visitor-Center.

»Sie erkennen uns wieder?«, frage ich zu meinem Erstaunen.

»Na klar, Sie sind die beiden Damen, die den Ananas-Bungalow letzte Nacht gemietet haben, ich hoffe doch sehr, es war alles in bester Ordnung?«

»Ja, es war - beziehungsweise ist - wirklich traumhaft, weshalb wir auch hier sind. Wir wollten fragen, ob wir eine Nacht verlängern könnten? Es ist wirklich wunderschön dort!«

Gregory schüttelt freundlich, aber bestimmt den Kopf. »So gerne ich möchte, aber das geht nicht. Wie ich bereits erwähnt habe, der Ananas-Bungalow ist ein ganz besonderes Häuschen, und das nicht ohne Grund!«

»Aber was ist denn der Grund? Sie haben sich gestern schon so geheimnisvoll dazu geäußert, Sie machen uns ja ganz neugierig!«, stoße ich aufgeregt hervor.

»Haben Sie es denn nicht bemerkt?«, fragt er uns nun und schaut uns abwechselnd mit großen Augen an.

»Sie meinen, dass man einen Klingel-Code anstatt eines Schlüssels zum Öffnen der Tür benutzen kann?«, fragt Steph, auf eine weitere Information hoffend.

»Hehe, nein, das ist es nicht, wobei das eine wirklich ausgefallene kleine und nette Spielerei ist, die es wahrhaftig nicht so oft gibt und die ich ehrlich gesagt auch nicht jedem Gast einfach so verrate … bei Ihnen beiden Süßen hatte ich jedoch Lust darauf. Aber nein, überlegen Sie nur mal ganz genau, vielleicht ist Ihnen etwas aufgefallen oder etwas Verwunderliches zugestoßen …?« Orakelhaft lässt er seine Finger auf dem Tresen trommeln. Unsere Blicke treffen sich fragend.

»Nun ja, wir waren vorhin auf dem Farmers' Market und sind dort über ein Gemälde des Bungalows gestolpert. Der Verkäufer konnte uns allerdings nicht sagen, von wem er es bekommen hat, und wir dachten, wir befragen Sie einmal dazu. Warten Sie, ich hole es schnell aus dem Wagen!«, sage ich und springe auch schon zum Auto.

Während ich nach meinen Schlüsseln krame, denke ich scharf nach. War uns etwas aufgefallen? Haben wir irgendetwas Wichtiges übersehen?

Als ich zurückkomme und Gregory das Gemälde entgegenstrecke, schlägt er erstaunt beide Hände vor seinem Mund zusammen.

»Es ist toll, nicht wahr?!«, sagen Steph und ich im Chor.

»Toll? Sie wissen gar nicht, wie toll das hier ist! Sie müssen der alten Dame wirklich außerordentlich gut gefallen haben, da war das Universum im Spiel!«, ruft er aus und wird sogleich etwas blass um die Nase.

Nun bin ich wirklich komplett verwirrt. »Entschuldigen Sie bitte, Gregory, aber ich verstehe allmählich wirklich nur noch Bahnhof!«, muss ich zugeben. Die sonst so wortgewandte Steph schaut mich zustimmend an.

»Kommen Sie bitte mit, so viel Zeit muss sein!«, sagt er mit einem verblüfften Kopfschütteln und stellt ein kleines Schildchen mit den Worten *Bin gleich zurück!* auf seinen Tresen. Er führt uns ein paar Schritte weiter in sein Büro und schließt mit dem Rücken leise die Tür. Ganz so, als könnte er damit sicherstellen, dass wir uns auch wirklich nur zu dritt in diesem Raum befinden.

»Okay, hören Sie zu, ich verrate das nicht jedem, aber dieses Vorkommnis stimmt mich ganz ehrfürchtig. Marie war eine ganz besondere Person mit einer ganz besonderen Lebensgeschichte. Ich sagte ja schon, den Ananas-Bungalow darf ich immer nur für eine Nacht vermieten, denn es gibt eine Legende dazu. Diese besagt, dass diese gewisse Marie Stewart stets eine so besondere und magische Zeit in ihrem Sommerhäuschen verbrachte, dass sie sich bei ihrem Ableben wünschte, dass man ihre Sommerresidenz dem Visitor-Center spendet – mit der einen Bitte, diese stets nur für eine Nacht zu vermieten. Wie Sie beide sicher erahnen können, war das eine etwas seltsame Bitte, der wir da nachkommen sollten, doch in ihrem Vermächtnis hatte sie es noch einmal deutlich erklärt, und dies wurde uns zur goldenen Regel. Warten Sie, lassen Sie mich Ihnen ihren Brief zeigen, aber ich halte ihn!«

Hastig geht Gregory zu einem Tresor, der fest an der Wand angebracht ist, und holt ein zusammengerolltes Dokument heraus. Es war ursprünglich mit einem roten Siegel verschlossen worden, auf dem noch die Initialen MS zu erkennen sind. Mit einem tiefen Atemzug nimmt er vor uns Platz, rollt das Schreiben auf und hält es uns zum Lesen hin.

Vermächtnis für das Visitor-Center Tybee Island, GA, USA

Einem jeden Besucher, der meinem geliebten Ananas-Traum beiwohnt, wünsche ich eine heilsame Zeit! Den ganz besonders wachsamen Gästen darunter wird etwas Großartiges zustoßen! Dies mag ein wundersamer Traum sein, eine besondere Begegnung oder auch eine wichtige Erkenntnis für sich selbst. Alle Gäste jedoch werden eines gemeinsam erleben: einen magischen Sonnenaufgang am Morgen und einen magischen Sonnenuntergang am Abend sowie das Gefühl, dass diesem Haus mein Herz innewohnt! Ich hatte eine sehr einsame Kindheit und erst spät in meinem Leben erfahren, was es bedeutet, geliebt zu werden und Liebe zu geben. Ich möchte mit meinem Traum-Bungalow am Strand dazu beitragen, dass jeder Gast, der eventuell auch eine Wunde trägt, hier die Liebe spürt und seine eigene kleine Chance auf das ganz große Glück bekommt.
Und wenn ich es durch mein Häuschen schaffe, dass meine Gäste 365-mal im Jahr ihr kleines Wunder erleben und dieses Gefühl anschließend weiter in die Welt hinaustragen, dann – und nur dann – kann ich friedlich ruhen.

Möge die Ananas als mein Symbol für meine Gastfreundschaft stehen, wie es in den Südstaaten üblich ist, und möge mein Wunsch nach Liebe und dem Guten in der Welt dadurch weiterleben! Möge mein Symbol der Ananas viele Herzen erreichen und zum Leben erwecken.
In Liebe,
Marie Stewart

Als wir mit dem Lesen fertig sind, muss ich mir eine Träne von der Wange wischen.

»Verstehen Sie nun, welch großartiges Geschenk Marie Ihnen beiden gemacht hat? Es muss ein Zauber in Ihnen stecken, das Schicksal muss Sie zusammengeführt haben, irgendetwas in der Art!«, meint Gregory und sucht eindringlich unsere Blicke. »Die Tatsache, dass Sie dieses Gemälde gefunden haben, zeigt mir, dass Maries Herz wahrhaftig in dem Häuschen schlägt!«

Eine Gänsehaut überkommt mich. Ungläubig schütteln wir die Köpfe und schauen einander an. »Aber woher weiß sie das?«, wage ich zu fragen.

»Marie weiß alles!«, flüstert Gregory, »vor allem spürt sie Gutes! Ich kann es mir nur so erklären, dass zwischen Ihnen beiden eine solche Kraft besteht, sodass sie Ihnen nicht nur die Nacht im Bungalow zugutekommen lassen wollte, sondern es scheint mir, als möchte sie Ihnen auch anhand ihres Gemäldes, welches ausgerechnet heute erstmalig seinen Weg zum Farmers' Market gefunden hat, ein besonderes Geschenk machen. Mein Gefühl sagt mir, dass irgendetwas Lebensveränderndes zwischen Ihnen beiden passiert sein muss - und vor allem sehr viel Gutes -, sodass sie versucht, durch dieses Bild Sinnbild dessen zu werden.«, schlussfolgert Gregory leise. Ehrfürchtig bedanken wir uns bei ihm und verabschieden uns, ehe wir erschöpft auf unsere Autositze sinken.

»Wow«, kann ich nur noch hervorstoßen. »Einfach nur wow! Hast du so etwas schon erlebt?«, frage ich Steph, noch immer völlig perplex von unserem Erlebnis.

»Ich?« Steph tippt sich auf den Brustkorb und schaut sich theatralisch um. »Glaube mir, Süße, ich habe dir ja gesagt, ich glaub ans Universum, und du weißt von meinem Unfall und Allen, aber so etwas, nein, so etwas habe selbst ich noch nicht erlebt!«, lacht sie fassungslos. »Ich würde mich nach diesem Geschehnis auch nicht mehr wundern, wenn plötzlich ein Regisseur um die Ecke käme und uns erklärt, dass wir unwissentlich gerade die Hauptrollen in seinem Film spielen!«

Schmunzelnd stimme ich ihr zu. Ich spüre einen spontanen Impuls, auf den lokalen Friedhof zu fahren, um Marie Stewart eine kleine Ehre zu erweisen, bevor wir die Insel verlassen. Die Idee, ihr am Grab ein paar Blümchen abzulegen, lässt mich nicht mehr los.

»Weißt du, ich habe das Gefühl, das ist das Mindeste, was wir tun können. Ich möchte dieser Dame meinen Dank erweisen, denn offenbar hat sie mich zu dir geführt … Und das tut mir gut!«

Kurze Zeit später – und mit Blumen ausgestattet – finden wir uns auf dem kleinen Friedhof wieder. Nach nicht allzu langer Suche finden wir ihren Grabstein, der überraschenderweise ebenfalls von einer Ananas geziert ist, und legen stillschweigend unsere Blumen darauf ab. Auf der Fahrt hatte ich in Windeseile noch ein paar Zeilen geschrieben, um unseren Dank an sie auszudrücken – in der Hoffnung, dass sie diese zumindest spüren würde. Ich stecke diese Notiz in ein kleines Kästchen neben ihrem Grabstein, das für Teelichter vorgesehen ist. Zufrieden und beseelt verlassen wir die Ruhestätte und nehmen uns vor, die Insel nach diesem friedlichen Abschied zu verlassen, um ein Stück weiter Richtung Süden zu fahren.

»Wollen wir blind auf die Karte tippen oder ist es dir lieber, zu recherchieren, wo wir die nächste Nacht verbringen möchten?«, fragt Steph mich neugierig.

Zu meinem eigenen Erstaunen spüre ich, dass ich mir darüber noch nicht einmal im Ansatz Gedanken gemacht habe und es gerade sehr genieße, den Augenblick zu leben. Erschrocken schießen mir dennoch die Erinnerungen an die unzähligen - immer vorwurfsvoller werdenden - Nachrichten aus meinem Büro wieder durch den Kopf.

»Ach, lass uns einfach mal losfahren, bis wir Hunger bekommen, oder?«, schlage ich vor und Steph nickt zufrieden.

Diesmal fahre ich. Wir kommen an einem wunderschönen Leuchtturm vorbei und überqueren den Bulls River. Nach nur einer halben Stunde erreichen wir den historischen District Savannahs und gelangen von dort aus auf die Interstate 95 Richtung Süden.

Bevor wir die Staatsgrenze nach Florida passieren, steuern wir kurzentschlossen das Städtchen Kingsland an, um dort etwas zu essen.

»Stopp, halt!«, ruft Steph auch schon und schnallt sich bereits ab. »Lass uns hier etwas essen, ich fühl den Namen sowas von!«, kichert sie und zeigt dabei auf ein großes mintgrünes Holzschild, das, an einem langen Ständer befestigt, hoch in die Luft ragt, um Hungrige aus nah und fern auf sich aufmerksam zu machen. Darauf steht in großen Buchstaben *Steffen's Restaurant* geschrieben.

Wir machen auf dem Parkplatz Halt und kehren ein. Es handelt sich um ein typisches Diner, stelle ich nervös fest.

»Mmh, genau nach meinem Geschmack!«, teilt Steph mir mit, ehe ich auf Fluchtgedanken kommen kann.

Bemüht, etwas halbwegs Gesundes zu finden, verstecke ich mich hinter der großen, etwas klebrigen Karte, die in einer mit Leder umsäumten Folie steckt, und kämpfe mit dem Regelkonstrukt in meinem Kopf. Als die Kellnerin kommt und sich uns als Amanda vorstellt, gebe ich Steph ein Zeichen, schon einmal zu bestellen. Als sie fertig ist, nehme ich einen tiefen Atemzug, schließe meine Augen und füge meine Bestellung hinzu: »Bringen Sie mir genau das Gleiche, bitte!«, sage ich höflich.

Amanda nickt freundlich, als wäre meine Bestellung das Normalste der Welt und verschwindet in die Küche. Steph bricht in einen Lachanfall aus.

»Das ist jetzt nicht dein Ernst, oder?«, fragt sie ungläubig, »du hast nicht wirklich vor, jetzt ein gemischtes frittiertes Gemüsekörbchen mit grünen Bohnen zu essen und dazu eine Cola light mit ungesundem Süßstoff zu trinken?«, fragt sie ungläubig.

»Oh doch, genau das habe ich vor!«, untermauere ich meine Entscheidung, mich ihrer Bestellung anzuschließen.

»Was soll's, ich werde schon nicht daran sterben, heute mein Gemüse einmal in frittierter Variante zu essen, und grüne Bohnen liebe ich sogar. Du machst mir einfach Lust aufs Leben, Steph, und ich will mehr von diesem Gefühl! Zu Hause mache ich dann einfach wieder alles wie immer.«

»Was wirst du machen?!«, entrüstet schaut Steph mich an. »Na na na, das würde dir so passen, aber das kommt mir nicht in die Tüte! Jetzt hör mir mal gut zu, meine Liebe. Du glaubst doch nicht im Ernst, dass die gute Marie Stewart sich diese Mühen gemacht hat, uns über den Wolken mit all ihrer Magie zusammenzuführen und uns am Wunder des Ananas-Bungalows hat teilhaben lassen, damit du dann wieder in deinen alten Trott verfällst?

Nichts da und basta, wie die Spanier sagen würden!«, haut sie energisch mit der flachen Hand auf den Tisch.

»Es sind die Italiener«, muss ich sie korrigieren und lache los.

»Ganz egal, Heather, du weißt, was ich meine! Das bist du nicht nur deiner Seele, sondern nun auch Marie Stewart schuldig … Und ein klein wenig auch mir!«, fügt sie augenzwinkernd hinzu. »Du hast mir gestern bisher nur von einer der beiden Heathers erzählt, aber wer ist die zweite – und was hat sie mit deinem Tagebuch zu tun? Und übrigens, hast du dir meine Fragen noch einmal angeschaut? Du kannst mir nicht allen Ernstes weismachen, dass es wirklich deiner Erfüllung entspricht, permanent deinem Chef gerecht zu werden. Hast du denn gar kein Privatleben? Vielleicht einen Freund oder Lover oder … wenigstens Sex mit deinem Chef?«, sprudelt es nur so aus ihr heraus. Stephs Augen durchbohren mich gespannt und auch Amanda, die inzwischen mit unseren Getränken an den Tisch gekommen ist, schaut mich an, als wäre sie an der Antwort durchaus interessiert. Ich muss lachen und vergrabe meinen Kopf in meinen Armen auf dem Tisch.

»Du machst mich ganz kirre, du verrücktes Huhn! Aber um es kurz zu machen: Nein, ich habe weder Sex noch einen Freund - und es läuft auch sonst nichts Spannendes mit meinem Chef … Und leider, wie ich gerade schmerzlich zugeben muss, habe ich auch kein Privatleben. Ich dachte immer, ich hätte eines, weil ich ja morgens zum Laufen gehe und mir über meine Lieblings-App Mittagessen bestelle, aber wenn ich darüber nachdenke, hat das mit einem erfüllten Privatleben recht wenig zu tun«, seufze ich.

Amanda nickt betreten, stellt die Getränke ab und widmet sich dem Nebentisch.

»Siehst du! Und genau aus diesem Grund kommt es auch überhaupt nicht in Frage, dass du dich nach deinem Urlaub wieder in dein Regelwerk verbarrikadierst und Leben spielst! Das, was du da hast, ich korrigiere mich, was diese Laptop-Heather da macht, ist kein Leben, sie funktioniert nur!«

»Du hast ja recht, ich habe es inzwischen kapiert.

Ich habe es lange nicht wahrhaben wollen, und ohne dich oder diese Marie Stewart«, füge ich grinsend hinzu, »wäre mir das womöglich nie aufgefallen. Ich meine, es nervt mich selbst, wenn ich wegen Lappalien wie bei der Essensbestellung im Flugzeug an meine Grenzen komme, ich fühle mich dann schrecklich gefangen in mir, aber irgendwie habe ich mir bisher nie zugestanden, dieses Verhalten abzulegen … Das wiederum darf nur die zweite Heather am Abend, wenn sie Tagebuch schreibt.«, gebe ich zu. Das Essen kommt und inzwischen habe auch ich einen richtigen Kohldampf.

»Mmh, wie lecker das schon wieder duftet … und schmeckt!«, höre ich Steph schon schmatzen.

Vorsichtig greife ich zum Brokkolistrunk, dessen Kopf mit dampfender Panade bedeckt ist, und tunke ihn in das Schälchen mit einer hausgemachten Barbecue-Soße.

»Köstlich, einfach nur köstlich!«, pflichte ich ihr bei. Ich hatte wirklich vergessen, wie lecker das Leben schmecken kann! Schweigend genießen wir unsere Speisen, bis auch der letzte Krümel und letzte Tropfen Soße verschlungen ist, und lehnen uns satt und zufrieden auf der Sitzbank zurück.

»Willst du mir von der zweiten Heather berichten?«, lädt mich Steph ein, an unser vorheriges Gespräch anzuknüpfen.

»Das kann warten, die zweite Heather verwirrt mich gerade selbst etwas, denn bisher kannte ich sie nur im Tagebuch … Aber ich schulde dir noch eine Antwort auf deine Fragen zur anderen Heather von gestern Abend, wenn du sie überhaupt hören möchtest«, schlage ich ihr vor.

»Aber natürlich, sehr gerne sogar! Die Fragen waren in erster Linie an dich selbst gerichtet, aber ich freue mich, wenn du deine Antworten darauf mit mir teilen magst! Wollen wir dabei einen kleinen Spaziergang machen?«

Das klingt super. Wir bezahlen und treten wieder nach draußen. Der Nachmittagshimmel über Kingsland begrüßt uns mit einem herrlichen Wind und warmer, trockener Luft. Ich berichte ihr von dem heutigen Morgen und wie schön der Moment gewesen war, als ich barfuß am Strand entlangging. Die Leichtigkeit vom Vorabend, die ich noch lebhaft verspürt hatte, das samtige Gefühl des Sandes unter meinen Füßen und dann aber dieses plötzliche und fürchterlich beklemmende Gefühl, das unmittelbar in mir hochstieg, als ich mein Handy eingeschaltet hatte und alle Nachrichten eingingen. Ich gebe ihr den vorwurfsvollen Inhalt der Nachrichten wieder und wie vertraut sich dieser entsetzliche Druck angefühlt hat. Jegliches Gefühl der Unbeschwertheit war plötzlich wie weggeblasen gewesen und ich hatte es umgehend vermisst.

»Und nein, wenn ich genau darüber nachdenke, ist der Job der Chefsekretärin überhaupt nicht mein Traumjob, ich dachte es nur immer, da er mir ein schönes Gehalt aufs Konto spült und ich dadurch von allen Seiten Anerkennung ernte. Aber ehrlich gesagt weiß ich gar nicht, was ein Traumjob ist – und ob es diesen überhaupt für mich gibt. Was ich aber jetzt weiß, ist, dass ich dieses beklemmende Druckgefühl nie wieder haben möchte!«, sage ich und suche ratlos ihren Blick, aber Steph schaut alles andere als ratlos drein.

»Na, das klingt doch super, genau genommen sind das exakt die Antworten, die ich gehofft hatte zu hören. So, und nun kannst du dein Handy erneut einschalten und deinem werten Dr. Matthews mitteilen, dass du nicht mehr an deinen Arbeitsplatz zurückkehren wirst! Damit kannst du direkt zwei Fliegen mit einer Klappe schlagen. Dann hast du dieses entsetzliche Druckgefühl los und musst dir keine Sorgen mehr um deinen Laptop zu machen, der irgendwo in Heathrow herumliegt!«

»Na, als ob das so einfach wäre!«, brumme ich. Recht hat sie allerdings.

Unterwegs

»Lass uns doch einfach ein Stück weiter als Jacksonville fahren und die Nacht in St. Augustine verbringen«, schlage ich vor, als wir wieder im Cabrio sitzen.

»Klar, ich bin dabei. Ich schau gleich mal, was für eine Unterkunft ich online finden kann. Irgendwie habe ich Lust auf ein bisschen Nachtleben, du auch?«, fragt Steph.

»Downtown klingt hervorragend!«, schließe ich mich ihrem Vorschlag an.

Ihr Appell an mich, einfach meinen Job als Chefsekretärin hinzuschmeißen, lässt mir keine Ruhe. Immer wieder wäge ich die Vor- und Nachteile ab, kann aber bis auf den Gehaltsausfall keine weiteren Defizite finden. Vielleicht mache ich das ja wirklich, erlaube ich mir zu denken. Es tut bereits gut, diesen Gedanken zumindest einmal zuzulassen. Die letzten Tage tun mir gut. Die Tagebuch-Heather einmal wahrhaftig auszuleben, ist noch schöner, als ich es mir ausgemalt hatte.

»Weißt du, Steph, du hast mich doch auch nach meinen Träumen gefragt. Ich weiß genau, was meine Träume sind, denn sie stehen allesamt in meinem Tagebuch und ich lebe sie gerade. Die andere Heather ist die Tagebuch-Heather, und diese lebt meine Träume normalerweise für mich, na ja, also zumindest auf dem Papier. Ist das nicht verrückt?«, lasse ich sie an meinen Gedanken teilhaben.

»Nein und Ja!«, antwortet Steph unbeirrt.

»Wie, Nein und Ja? Meinst du nun Nein oder Ja?«, frage ich verwirrt.

»Nun, ja, also, es ist nicht verrückt für mich, dass du deine Träume lebst, dafür das Nein, aber es grenzt an Verrücktheit, dass du diese bisher immer nur aufgeschrieben hast, dafür das Ja!«

»Hm ...!«, muss ich ihr zustimmen. Laut grüble ich weiter, gespannt auf ihre nächste Reaktion.

»Wenn ich Tagebuch schreibe, bin ich glücklich, deshalb habe ich mir das immer für den Abend aufgehoben, um mich tagsüber auf etwas Schönes freuen zu können. Jetzt gerade bin ich glücklicher, als ich es je war, und es ist mitten am Tag. Irgendwie ist das viel cooler, als sich nur auf ein geschriebenes Glücklichsein am Abend zu freuen!«

»Ich weiß!«, sagt sie, »ich hab's selbst erlebt und stell dir nur vor – bei mir gab es sogar nur diese eine Version von Steph, also die Controllerin-Steph. Du hast dir bisher wenigstens den Luxus einer zweiten Heather geschenkt!«

Wir lachen beide. »Punkt für dich!«, zwinkere ich ihr zu. Wieder in meine Gedanken vertieft, fahren wir schweigend weiter. Wir wechseln von der Interstate 95 South nach Osten auf die A1A, um das letzte Stück entlang der Küste zu fahren. Die Sonne nähert sich langsam dem Horizont und stellt ein schönes Farbspektakel im Zusammenspiel mit den lang gezogenen Wolken dar, die wie Zuckerwatte am Himmel schweben.

Bei der Vorstellung, dieses Leben bald wieder in mein Laptop-Heather-Leben einzutauschen, schnürt es mir die Kehle zu, und ich spüre unmittelbar wieder dieses ätzende Druckgefühl im Bauch.

»Ich möchte meine glücklichsten Momente nicht nur wieder in meinem Tagebuch erleben dürfen. ICH möchte diese Tagebuch-Heather endlich wahrhaftig sein dürfen und ihr Leben leben!«, rufe ich plötzlich begeistert.

»Dann tu es endlich!«, schreit Steph laut und streckt ihre Arme aus dem geöffneten Cabriodach weit in den Himmel. »Dann tu es, tu es, tu es einfach! Erlaube es dir endlich! Du darfst das!«, lacht sie motivierend.

Wir drehen die Musik lauter und der Song im Radio könnte passender nicht sein: »I want to break free!«, ruft uns Freddie Mercury mit voller Leidenschaft entgegen. Wir stimmen in den Song mit ein und verpassen dabei fast die Ausfahrt. Wild kichernd und mit quietschenden Reifen schneiden wir einen hupenden Truck hinter uns und schaffen es gerade noch so unversehrt auf den Zubringer zur Route 1, die uns in das belebte Innenstädtchen von St. Augustine führt.

In St. Augustine

Nach kurzer Parkplatzsuche steigen wir aus unserem Cabrio aus und checken im Casablanca Inn ein. Mit dem Schlüssel bekommen wir je einen Cocktail-Gutschein für die zugehörige Tini-Martini-Bar gereicht und können es kaum erwarten, ihn nach einer erfrischenden Dusche einzulösen. Eine große Außentreppe im Innenhof führt uns zu unserer Zimmertür. Das Zimmer, das sich uns darbietet, stellt einen lustigen Kontrast zur federhaften Leichtigkeit des Ananas-Bungalows dar: Ein riesengroßes und massives dunkelbraunes Himmelbett empfängt uns einladend. Die Wände sind mit opulenten sonnengelben Tapeten geziert. Schwere Stoffe lassen dahinterliegende Fenster erahnen. Das Zimmer wirkt nahezu wie ein privater Wohnraum.

»Das ist ja voll gemütlich hier!«, ruft Steph und schwingt sich direkt aufs Bett. »Irgendwie ist es so, als würden wir hier irgendjemanden aus dem goldenen Zeitalter besuchen, einen reichen Piraten oder so.«

»Nun, wenn du mich fragst … Ich hätte nichts dagegen, Jack Sparrow hier zu begegnen!«, grinse ich sie an und stelle meine Tasche vor dem Bett ab.

Als ich mir gerade frische Kleidung zusammensuche, fällt mir mein Handy zwischen die Füße. Ich hatte es am Morgen im Ananas-Bungalow eilig in die Tasche gestopft – in der Hoffnung, es dort für immer zu vergessen. Die Verlockung, den Flugmodus zu deaktivieren und mir den nächsten Rüffel meines Chefs einzuholen, ist nicht sehr groß, aber dennoch habe ich das Bedürfnis, zumindest meinen Eltern ein weiteres Lebenszeichen von mir zu senden.

Kurzentschlossen schiebe ich den Pfeil zur Seite und nur wenige Sekunden später blinken achtzehn Nachrichten und verpasste Anrufe auf. Alle Nummern, bis auf eine mir unbekannte amerikanische Nummer, sind aus dem Büro. Ob ich dort zurückrufen soll? Womöglich ist es die Dame vom Flughafen in Atlanta wegen meiner Verlustmeldung? Will ich meinen Laptop denn wirklich wiederhaben?

»Magst du zuerst duschen oder soll ich?«, reiht sich Stephs Frage zwischen all den anderen sich auftuenden Fragezeichen in meinem Kopf ein. Ich wische alle Meldungen auf dem Display weg und werfe mein Handy aufs Bett.

»Ich natürlich, dann bin ich schon mal fertig, wenn Jack gleich kommt!«, witzele ich, »Aber beeilen wir uns, ich bin echt schon wieder am Verhungern!«

Kurze Zeit später machen wir es uns an der Bar bequem. Der nette Barkeeper beglückt uns mit zwei alkoholfreien Cocktails und das fruchtig-tropische Zusammenspiel von Kokosnuss und Ananas schmeckt nach Urlaub.

Nachdem wir, hungrig und auf der Suche nach etwas Herzhaftem, Richtung Historic District schlendern, kommen wir aus dem Kichern nicht mehr heraus. Die ganze Zeit über müssen wir uns vorstellen, wie aufgeregt Gregory heute Vormittag im Visitor-Center herumgesprungen ist und mit uns geflüstert hat.

»Also, wenn ich das alles heute nicht wahrhaftig erlebt hätte, würde ich wirklich sagen, so einen Quatsch gibt's nur im Film!«

Es fühlt sich auch wie in einem Film an. Nicht nur die Tatsache, dass unser süßes Casablanca Inn uns innerhalb weniger Sekunden in eine andere Ära versetzt hat, sondern auch die wunderschönen historischen Gassen hier lassen mich träumen. Überall säumen langstielige Palmen die Wege, erzählen Denkmäler und Statuen von alten Zeiten und sogar Pferdekutschen kreuzen unseren Weg. In einem der Pubs kehren wir ein und stärken uns mit einem Ceasar Salad und einer Cola light. Um uns herum spielt laute Musik und die Wände werden von Trikots sämtlicher Sportvereine dieser Welt geziert. Auf der Wand zur Toilette steht groß aufgesprüht:

I came, had fun and don't remember!

»Schau mal!«, zeige ich den Spruch Steph, »ich denke, das sollte unser Motto für den Abend werden!«

»Da bin ich voll und ganz bei dir, ich denke, wir sollten für heute mal ein wenig abschalten, wenn du verstehst, was ich meine!«, stupst sie mich mit ihrem Ellenbogen in die Hüfte.

Wir ziehen weiter zur nächsten Bar. Diese hat ihre Hochstühle an einem Tresen entlang zur Fußgängerzone hin ausgerichtet. Wir bestellen unsere nächste Runde Getränke, diesmal einen Virgin-Mango-Martini mit Basilikum, und beobachten das Treiben.

»Sag mal, hast du Lust auf weitere Ohrringe?«, kommt es mir urplötzlich in den Sinn.

»Wie kommst du denn darauf? Klingt gut!«, erwidert Steph.

»Ich weiß auch nicht, die ganzen Piratensachen hier … ich meine, eine Augenklappe, bringt uns nichts, ebenso wenig eine Harke an der Hand. Ich möchte auch kein Tattoo, aber ein, zwei weitere Ohrringe könnte ich mir ganz gut vorstellen … Besonders jetzt, wo ich eventuell bald arbeitslos bin!«, schmunzle ich.

»Okay, lass uns das machen!«, sagt Steph kurzentschlossen, »lass uns checken, wo - ich bin dabei!«

Wir leeren unsere Cocktailgläser und ziehen weiter. Eine wunderschöne runde Lampe aus Abertausenden kleinen weißen Muscheln springt mir ins Auge. Sie ist atemberaubend, ich muss sie haben! Sie erinnert mich an diese Strandhäuschen-Atmosphäre im Ananas-Bungalow und die vielen Lichtmomente, die ich hier permanent erlebe. Ich ziehe Steph in den Laden hinein. Das Klimpern eines Muschelspiels heißt uns beim Betreten willkommen. Eine nette alte Dame kommt mit einem einladenden Lächeln auf uns zu und fragt, wie sie uns helfen kann. Ich eröffne ihr, dass ich die Lampe kaufen möchte, und wir einigen uns auf einen Preis. Während sie mit einer Seelenruhe und großer Vorsicht meine Lampe in Schutzpapier einschlägt, um sie in einem Karton zu verpacken, erklärt sie mir, dass alle Muscheln von der Küste Floridas stammen und handverlesen sind.

»Das ist wirklich ein kostbares Souvenir!«, sagt Steph, als wir das Geschäft wieder verlassen. »Hast du schon eine Idee, wo du sie hinstellen wirst – und wie du sie zurück nach London bekommen willst?«

Mit großen Augen starre ich sie an. »Ups! Meine Gedanken waren die ganze Zeit nur im Ananas-Bungalow, ich habe tatsächlich noch gar nicht darüber nachgedacht, dass ich die ja über den großen Teich transportieren muss!«

»Perfekt, dass du allmählich immer besser abschalten kannst und wir erst heute Abend an diesem Laden vorbeigekommen sind, sonst hättest du dir die Lampe womöglich schon wieder madig gedacht.«, grinst sie und schnappt mich am Arm, um mich auf die andere Straßenseite zu ziehen. »Schau, da, ein Piercing- und Tattoo-Studio, da können wir bestimmt auch gleich unsere Ohrlöcher stechen lassen!«

Müde und erschöpft fallen wir wenig später ins große Piratenbett. »Bist du noch wach, Steph?«, frage ich nach einer Weile.

»Mhm!«, murmelt diese, »warum?«

»Ich möchte dir von Herzen danken!«

»Wofür denn?« Jetzt setzt sie sich im Bett auf und ich kann durch das einstrahlende Mondlicht ihren fragenden Gesichtsausdruck im Dunkeln erkennen.

»Dass du mir überhaupt erst diese Momente ermöglicht hast! Ohne dich hätte ich diese niemals erlebt, immer nur im Tagebuch. Dank dir weiß ich jetzt, dass ich es kann! Ich weiß plötzlich, wie es sich anfühlt, zu leben, und ich möchte mehr davon … Und ich werde kündigen! Als ich vorhin wieder diese unzähligen Nachrichten auf meinem Handy gesehen habe, ist es mir noch mal bewusst geworden. Das ist nicht mein Leben, oder zumindest nicht mehr! Das Laptop soll von mir aus bleiben, wo es ist, und das Tagebuch, gut, das wäre eine schöne Erinnerung, aber genau genommen brauche ich das nun nicht mehr!«

Stephs Augen füllen sich mit Tränen der Rührung und wir fallen uns in die Arme. »Das macht mich so glücklich zu hören, Heather! Du musst mir versprechen, dass du weiterhin daran arbeiten wirst und nicht wie angekündigt nach dem Urlaub wieder in deinen alten Trott verfällst. Ich will wirklich nicht, dass du auch erst von einem Auto angefahren werden musst und schier dein Leben verlierst, nur um endlich aufzuwachen«, sagt sie. »Und schau!«, tippt sie stolz auf unsere neuen Ohrringe, die sich einmal am oberen Teil der Ohrmuschel und einmal in zweiter Reihe am Ohrläppchen präsentieren, »die sollen dich ab jetzt auch immer daran erinnern, dass du frei bist! Frei wie ein … wie eine Piratin auf hoher See!«, lacht sie. »Nein, aber im Ernst, Heather, ich bin stolz auf dich. Die Entscheidung, diese in sich selbst gefangene Laptop-Heather freizulassen, hast du ganz allein getroffen! Und das Tolle ist, du hast mich jetzt als deine Freundin an deiner Seite. Ich werde dir von nun an immer zu Hilfe eilen, wenn ich merke, dass sie dich wieder einholen möchte!«, klatscht sie entschlossen in die Hände. »Und weißt du noch was? Ich habe da so ein Gefühl, dass die Heather, die jetzt ihre Träume auch außerhalb ihres Tagebuchs lebt, schon bald auf ihren Traummann treffen wird, und dann kommen wir alle wieder zusammen hierher und machen Traumpaarurlaub!«

Ich schlage meine Hand vor den Kopf und lache. »Okay, okay, jetzt wird's kitschig … Zeit zu schlafen!«

Zufrieden und glücklich kuscheln wir uns in unsere Decken und schlafen sofort ein.

Die unbekannte Handynummer

Als ich am nächsten Morgen langsam aus dem Schlaf erwache, schreckt mich das Vibrieren meines Handys auf. Mist, ich hatte gestern Abend vergessen, es wieder in den Flugmodus zu stellen, und hatte nun wirklich überhaupt keine Lust auf die Erinnerung an meinen fordernden Chef, der offensichtlich nicht einmal versucht, mir ein paar freie Urlaubstage zu gönnen. Warum wird mir das eigentlich erst jetzt bewusst? Ich greife nach dem Handy, um zu verhindern, dass es Steph aufweckt, und sehe neben sieben weiteren neuen Nachrichten von meinem Chef erneut einen verpassten Anruf dieser mir unbekannten amerikanischen Handynummer. Ich sollte dringend zurückrufen, es scheint wichtig zu sein.

Nur mit kurzer Schlafhose und dünnem Trägertop bekleidet, trete ich hinaus auf den Innenbalkon vor unserer Zimmertür und drücke auf Rückruf. Ich schaue auf die Uhr und stelle fest, dass es erst 7:08 Uhr ist. Schnell möchte ich wieder auflegen, aber es ist bereits zu spät, denn am anderen Ende meldet sich schon eine verschlafene männliche Stimme. Reflexartig breche ich nun doch den Anruf ab und möchte wieder hinein und ins Bad huschen, aber ein Windstoß muss die Zimmertür zugestoßen haben. Na, prima! Ich schaue kurz an mir herunter und da beginnt es in meiner Hand zu vibrieren. Es ist wieder diese Nummer! Um diese Uhrzeit? Schnell nehme ich ab und hauche leise in den Hörer: »Hallo?«

»Hallo?«, ertönt dieselbe männliche Stimme wie Sekunden zuvor, diesmal nur etwas wacher. »Wer sind Sie? Warum rufen Sie so früh bei mir an?«, flüstere ich weiter.

Nun flüstert die Stimme auch: »Ich rufe so früh an, weil Sie mich so früh angerufen haben, schon vergessen? Warum sprechen Sie denn so leise?«

»Na, Sie sprechen doch jetzt auch leise!«, sage ich verdutzt.

»Na, weil Sie flüstern, ich will ja niemanden aufwecken, der eventuell neben Ihnen schläft!«

Jetzt muss ich lachen und die Stimme am anderen Ende der Leitung stimmt mit ein. Leise – aber mit normaler Stimme – fahre ich fort: »Okay, nachdem wir das nun geklärt haben, kann ich Ihnen ja erklären, dass ich gerade erst aufgewacht bin und noch etwas schlaftrunken war, als ich eben versucht habe, zurückzurufen. Ich habe die Uhrzeit dabei nicht beachtet. Mir ist nur aufgefallen, dass diese Nummer nun schon zweimal versucht hat, mich anzurufen, und da dachte ich, es könnte vielleicht etwas Wichtiges sein. Als ich Sie dann am anderen Ende der Leitung mit Ihrer verschlafenen Stimme gehört habe, tat es mir leid, und ich habe wieder aufgelegt!«, erkläre ich.

»Aber dann war ich doch schon wach und somit hätten Sie auch einfach sprechen können!«, erwidert die männliche Stimme am anderen Ende der Leitung.

Nun schweigen wir beide für einen Moment, und es wirkt fast so, als würden wir die Stille miteinander genießen.

»Brady übrigens«, unterbricht dieser nun unser Schweigen nach einer Weile.

»Heather!«, antworte ich.

»Ich weiß!«, sagt er.

»Woher?«, frage ich verdutzt und gehe zu den Treppenstufen, die auf den Balkon auf unserer Etage hinaufführen und setze mich auf die oberste Stufe.

Als würde es etwas retten, zupfe ich mein knappes Outfit zurecht, in der Hoffnung, dass keiner vorbeikommt und mich halbnackt hier sitzen sieht. Seltsamerweise erschreckt es mich nicht, dass Brady meinen Namen kennt, es macht mich neugierig.

»Na ja, das ist eine lange Geschichte! Ich möchte sie dir gerne erzählen, aber vielleicht nicht jetzt so früh am Telefon und ehrlich gesagt auch lieber persönlich«, antwortet er.

»Und was hast du vor? Ich meine, du musst verstehen, ich kenne dich ja gar nicht, und du rufst mehrmals an, um mir zu sagen, dass du mir eine Geschichte darüber erzählen möchtest, woher du meinen Namen kennst?«, fasse ich zusammen und schmunzle.

»Haha, du bist lustig!«, beruhigt er mich lächelnd, »ich könnte nun noch gruseliger tun und dir sagen, dass ich ebenso weiß, dass du mit einer Freundin namens Steph unterwegs bist, aber ich rufe dich ja nicht an, um dir Angst zu machen, sondern um mich bei dir zu bedanken!«

»Also jetzt verstehe ich wirklich nichts mehr«, stoße ich hervor, »aber wenn du nun sowieso weißt, dass ich nicht allein hier bin und vorgibst nicht gefährlich zu sein, dann können wir uns ja alle drei treffen. Dann fühle ich mich auf jeden Fall sicher und sage hiermit schon einmal zu!«

Steph wäre sowas von stolz auf mich und über meine Spontanität! Ein früher Badegast quetscht sich an mir an der Treppe vorbei. Er scheint froh zu sein, nicht der Einzige zu sein, der sich nur spärlich bekleidet in einer blauen Badehose, dafür aber immerhin mit Schlappen, hier auf dem Innenbalkon des Casablanca Inns bewegt.

»Cool, das klingt nach einem Plan! Sag mir, wann und wo - und ich werde da sein!«, verspricht Brady charmant.

Das gefällt mir, richtig gut sogar! Ich bin gespannt, wofür er sich bedanken möchte, ich habe ja nichts Spezielles getan, oder doch? Puh. Mein Kopf ist noch deutlich zu müde, um mir wirklich Gedanken darüber zu machen.

»Verfolgst du mich etwa, oder wie willst du das möglich machen?«, frage ich leicht verdutzt.

»Nein, alles gut. Ich lebe in Savannah, Georgia, und weiß, dass ihr auf dem Weg nach Jacksonville seid, deshalb war ich der Annahme, ihr könnt noch nicht so weit sein, aber wie gesagt, das erkläre ich dir dann alles!«

Eine eigenartige Unterhaltung, denke ich mir, aber im positiven Sinn. Meine Neugier steigt. »Aber du bist kein Pirat?«

Jetzt müssen wir beide wieder lachen. Was für ein albernes Telefonat.

»Okay, Brady, 18:00 bei Al's Pizza am Neptune Beach, schaffst du das?«, konkretisiere ich unseren Plan.

»Neptune Beach bei den Jax Beaches meinst du?«

»Jawohl!«

»Okay, Plan!«

»Plan«, sage ich und lege vorfreudig auf.

Um Steph nicht zu wecken, schnappe ich mir ein Handtuch am Pool und werfe es mir über die Schultern. Ich sehe nun definitiv fragwürdig aus, zumal ich unter dem Handtuch keine Badekleidung trage, aber ich bin nicht mehr halbnackt. Barfuß tapse ich aus dem Hotel und über die große Straße. Direkt dahinter verbirgt sich eine kleine Bucht, die durch einen breiten Gehweg und eine Mauer von der Straße abgetrennt ist. Jetzt ein leckerer Hafer-Cappuccino, und die Situation wäre perfekt.

Für einen Moment blicke ich mich suchend um, erinnere mich aber sofort, dass ich nicht grundlos ohne Geldbeutel und in diesem Aufzug hier gelandet bin, und verwerfe den Gedanken ganz schnell wieder. Der Moment ist auch so perfekt, beschließe ich und mache es mir auf der Mauer bequem. Das Telefonat war lustig. Wer auch immer dieser Brady sein mag, er scheint auf jeden Fall ein netter Typ zu sein. Und wohl auch ein höflicher, schließlich möchte er extra zweieinhalb Stunden Auto fahren, um sich bei mir für etwas zu bedanken. Mein Handy vibriert erneut, diesmal ist es Stephs Nummer.

»Hey, guten Morgen, meine Liebe, gut geschlafen?«, begrüße ich sie fröhlich.

»Wo bist du? Alles okay bei dir? Deine Schuhe, Kleidung, alles ist da, nur du nicht?!«, fragt sie halb belustigt, halb besorgt. Süß.

»Na ja, immerhin trage ich einige Ohrringe!«, lache ich, »aber nein, im Ernst, bist du jetzt wach? Dann komme ich, ich sitze hier an der Bucht, erkläre ich dir aber gleich alles!«

Ich mache mich auf den Weg zurück ins Hotelzimmer, um Steph von meinem morgendlichen Telefonat zu berichten.

Auf zum Neptune Beach

Mit Blick über die Straße und auf die Bucht genießen wir wenig später unser Frühstück im Hotel. Es gibt frische Früchte, Vollkorntoast, Erdnussbutter, Traubenmarmelade und leckeren Kaffee.

»Also, das musst du mir jetzt schon erklären, warum du so herumgrinst!«, bittet mich Steph, als sie von ihrem Toast beißt.

Ich erkläre ihr die abstruse Situation mit den verpassten Anrufen von der mir unbekannten Nummer, meiner Telefonbekanntschaft, die ich heute Morgen mit Brady gemacht habe und »unserem« Plan, uns heute am frühen Abend beim Neptune Beach mit ihm zu treffen.

Steph schaut mich an und sagt zu meinem Erstaunen erst einmal nichts. Gedankenverloren dreht sie an ihrem neuen Ohrring, trinkt von ihrem Kaffee und wirkt sehr nachdenklich. Ein seltsames Gefühl der Anspannung macht sich in mir breit.

»Hey, sorry, ich wollte dich da jetzt in nichts mit reinziehen, du hast recht, ich hätte dich vorher fragen sollen, und es ist tatsächlich sehr leichtsinnig, einfach ein Blind Date mit einem uns völlig fremden Mann auszumachen!«, rechtfertige ich mich und ärgere mich über mich selbst, dass ich so unbedacht gehandelt hatte. Doch zu meiner Erleichterung wedelt Steph umgehend ganz wild mit ihren Händen und stoppt meine Gedanken.

»Nein, völliger Quatsch, spinnst du! Nie und nimmer sagst du ab! Wie kommst du nur darauf? Ich habe nur überlegt, ob wir von der Autorückgabestelle mit einem Taxi oder mit dem Bus zum Neptune Beach fahren wollen, da wir heute ja leider unser Cabrio zurückgeben müssen. Allein der Gedanke daran bricht mir schier das Herz!«

Wie, das war alles?

»Echt jetzt?«, bringe ich nur hervor und spüre sofort eine Erleichterung in mir aufsteigen.

»Natürlich! Was soll daran verwerflich sein? Ich find´s lustig und dazu megaspannend! Einfach super – hör bloß auf, dich jetzt deshalb direkt wieder zu verkopfen. Es kann überhaupt nichts passieren: Du hast seine Handynummer, er kommt extra hierhergefahren, wir treffen ihn gemeinsam in einem Restaurant. Da spricht in meinen Augen nichts dagegen! Das passiert alles wieder nur in deinem Gehirn, das offenbar versucht, wieder die Kontrolle über dich zu erlangen«, mahnt sie mit einem vor mir herumfuchtelnden Zeigefinger. »Das einzig Schlimme ist, dass wir unser Autolein nie mehr wiedersehen werden!«

Erleichtert und durch ihre Worte bestärkt stimme ich ihr zu. Aber ja, unser Cabrio! Es hatte uns während der letzten Tage so ein unglaubliches schönes Freiheitsgefühl geschenkt.

»Es war wirklich eine sensationelle Idee von dir, einen kleinen Roadtrip zu machen! Ich werde unser süßes Cabrio auch vermissen. Könnte ich einfach hierbleiben, würde ich es der Mietstation umgehend abkaufen.« In meiner Fantasie sehe ich es vor dem Ananas-Bungalow geparkt unter der hohen Palme stehen.

Als wir nach dem Frühstück unsere Sachen zusammenpacken und zum Auto tragen, fragt mich Steph, wie ich vorhabe, die Muschellampe nach Hause zu transportieren. Für einen kurzen Moment stolpern meine entspannten Gedanken Richtung Alarmbereitschaft, aber dann winke ich ab: »Ach, ich weiß noch nicht. Das hat noch Zeit, ich habe jetzt keine Lust, mich deshalb zu *verkopfen*, wie du es so schön genannt hast vorhin ... Das überlege ich mir dann am Flughafen!«, zwinkere ich ihr zu.

»Ich bin begeistert, genau das habe ich gehofft zu hören!«, streckt sie enthusiastisch beide Daumen hoch.

Nachdem wir das Auto beladen haben, leihen wir uns zwei Fahrräder aus und lassen uns damit durch St. Augustine treiben, ehe wir endgültig zur Autoabgabe nach Jacksonville aufbrechen. Deutlich vor Brady erreichen wir den Neptune Beach und checken im Sea Turtle ein. Glücklich stelle ich meine Tasche ab und schaue mich um: herrlich! Alles ist wie immer. Vorsichtig schiebe ich den langen Vorhang der Terrassentür zur Seite und linse aufs Meer. Mein Herz macht einen Freudensprung. Schnell schmeißen wir uns in unsere Bikinis, um noch etwas Sonne zu tanken.

»Ist es auch wirklich okay für dich, dass ich dich morgen allein hier zurücklasse?«, fragt mich Steph besorgt, als wir es uns auf unseren Handtüchern im Sand gemütlich machen.

»Auf jeden Fall, Steph! Die vergangenen Tage waren einige der unbeschwertesten meines Lebens und ich hatte ursprünglich ja vor, von Anfang an allein zu reisen, da ist das jetzt ein Klacks!«, beruhige ich sie. »Ich möchte auf jeden Fall noch Zeit mit meiner Gastfamilie verbringen und an meine Lieblingsorte hier gehen. Außerdem werde ich mir ausgiebig Zeit nehmen, endlich die Nachrichten der vergangenen drei Tage aus meinem Büro durchzugehen!«, rümpfe ich meine Nase.

»Okay«, erwidert Steph erleichtert, »und du weißt, die Einladung steht. Du kannst am Freitag mit mir auf die Hochzeit kommen. Könnte richtig lustig werden, ein Anruf genügt!«

»Danke, Steph, ich weiß das sehr zu schätzen, aber mach dir keine Sorgen!«

»Na gut! Aber versprich mir, dass du nicht direkt wieder in deine Rolle abtauchst und dich in deiner Arbeit verlierst. Sag deinem Chef, dass das so nicht geht, auch seiner Chefsekretärin steht mal Urlaub zu! Wenn ich du wäre, würde ich ohnehin umgehend …«

»… kündigen!«, unterbreche ich sie.

Erschrocken schaut sie mich an. »Ja, genau das wollte ich sagen, und ich würde ehrlich gesagt davor nicht einmal diese unzähligen dummen Nachrichten lesen. Schon aus Prinzip!«, redet sie sich weiter in Rage.

»Nichts anderes werde ich tun, da musst du keine Bedenken haben«, grinse ich, »ich habe schon einen Plan!«

»War ja klar!«, schlägt sich Steph die Hände über dem Kopf zusammen.

»Haha, nein, natürlich nicht so einen. Ich lese die Nachrichten, bis ich wütend genug bin, den Mut aufzubringen, diesen längst ausstehenden Anruf zu tätigen und Dr. Matthews mal ordentlich meine Meinung zu sagen, um mich anschließend für immer von ihm zu verabschieden!«

Steph lacht auf: »Ich kann es wirklich nicht glauben, dass da gerade dieselbe Heather spricht, die ich vor drei Tagen im Flugzeug kennengelernt habe! Es ist perfekt, dass du dieses blöde Laptop verloren hast. Das Universum hat alles richtig gelenkt. Du hättest sonst nie dein Traumleben aus deinem Tagebuch zu deiner eigenen Identität umgewandelt. Irgendwie, als hätte es nur darauf gewartet, dich wieder zum Leben zu erwecken auf dieser Reise!«

Stephs Worte sind so wahr. Zufrieden mit mir und der Welt schließe ich meine Augen und genieße das Gefühl der sommerlichen Brise, die sanft meinen Körper streichelt, und das warme Sandbett unter meinem Handtuch. Als ich bei der Rückkehr ins Zimmer unter die Dusche springe, steigt die Aufregung in mir. Was, wenn dieser Brady doch gefährlich ist?

Wofür möchte er sich bedanken – und warum kommt er dafür extra aus Savannah angefahren? Ich denke scharf nach. Hatten wir bei unserer Durchfahrt durch Savannah irgendetwas anderes getan, außer zu tanken? Aber so sehr ich auch versuche, mich daran zu erinnern, es kommt mir nichts in den Sinn.

»Was wirst du anziehen?«, fragt mich Steph, die bereits fertig gestylt mit ihrem Buch auf dem Sessel vor dem Badezimmer sitzt.

»Puh, wenn ich das wüsste!«, stöhne ich.

Steph trägt einen kurzen Jumpsuit und weiße Turnschuhe. Ich entschließe mich dazu, mein Outfit ebenfalls leger zu halten, schließlich handelt es sich hier nicht um einen Staatsempfang, und außerdem treffen wir uns bei Al's Pizza. Ich checke noch mal mein Handy, um sicherzugehen, dass Brady nicht in letzter Minute doch noch abgesagt hat, aber nichts.

Zumindest nichts von ihm.

»Er scheint es ernst zu meinen!«, schaue ich Steph nervös an.

»Na dann, nichts wie los! Mein Magen knurrt schon so laut wie bei dir letztens im Flugzeug!«

Aufgeregt betrete ich die Terrasse des Restaurants. Steph ist bei mir eingehakt und auch sie wirkt neugierig. Aufmerksam lasse ich meinen Blick umherschweifen und spähe bis zur Straße vor, in der Hoffnung auf irgendein Indiz. Wir hatten überhaupt kein Erkennungszeichen ausgemacht, bemerke ich erst jetzt. Im selben Moment rollt ein unglaublich gutaussehender, braungebrannter Typ mit wuscheligen blonden Haaren mit seinem Skateboard auf den Parkplatz und kickt dieses anschließend lässig unter seinen Arm. Auch sein Blick ist suchend. Das wird doch wohl nicht Brady sein?! Meine Aufregung macht sich allmählich auch in meinem Bauch breit und mir wird ganz schlecht. Steph muss ihn auch bemerkt haben, denn sie tippt mich nun von der Seite an, ohne jedoch ihren Blick von ihm abzuwenden, und flüstert: »Heiß!« Jetzt treffen sich unsere Blicke und ich spüre unmittelbar einen Stromschlag durch meinen Körper fließen. Sein ganzes Gesicht verzieht sich zu einem wunderschönen strahlenden Lächeln und er schaut mir direkt in die Augen.

»Kannst du mich bitte schnell zwicken, Steph?!«, frage ich sie, doch es ist bereits zu spät. Lässig springt er die paar Stufen auf die Terrasse hoch und streckt mir seine Hand entgegen.

»Heather?!«

Sofort erkenne ich seine Stimme wieder. »Brady?!«, antworte ich fragend – lässiger, als mir zumute ist – und lege meine Hand in seine. Freundlich wendet er sich Steph zu und auch sie machen sich miteinander bekannt.

»Warum warst du dir so sicher, dass wir die beiden sind, die du suchst?«, frage ich spielerisch.

»Na ja, sagen wir so, ich wusste es natürlich nicht, aber ich habe es gehofft!«, zwinkert er mir zu.

»Habt ihr auch einen solchen Hunger?«, versucht Steph die magische Spannung in der Luft unter Kontrolle zu bekommen. Wir nehmen Platz und ein Kellner namens Shayne bringt die Speisekarten. Ich nutze die Zeit, mich hinter meiner Karte zu verstecken, um mir etwas Luft zuzufächeln. Nach etwas Essbarem steht mir ehrlich gesagt gerade nicht mehr der Sinn, aber da muss ich jetzt durch.

»Alles in Ordnung bei dir?«, fragt Steph mich flüsternd. Peinlich berührt lege ich meine Karte eilig auf dem Tisch ab, aber Brady ist nicht mehr da. Hilfesuchend schaue ich direkt zu Steph, die mich lachend beruhigt. »Keine Sorge, er hat sich kurz entschuldigt und ist auf der Toilette. Ich fürchte, er ist genauso aufgeregt wie du!«

»Hör zu, mir ist furchtbar schlecht, ich bin super aufgeregt, Brady ist, ich weiß auch nicht, wie aus meinem Tagebuch entsprungen … Ich habe keinen Plan, wie ich mich verhalten soll!«

»Okay, verstanden. Merke: Du brauchst jetzt keinen Plan, sei einfach Du!«, gibt mir Steph mit einer selbstbewussten Kopfbewegung zu verstehen.

Im selben Moment kommt Brady auch schon zurück an den Tisch und hinter ihm direkt Shayne. Wir bestellen eine Runde Tischwasser und Soft Drinks und Shayne verschwindet wieder. Brady bricht das Eis mit etwas Smalltalk und fragt uns über den heutigen Tag aus. Es ist verrückt, aber es fühlt sich an, als würden wir uns schon ewig kennen.

»Kennst du Al's Pizza?«, fragt er mich nun und hält neugierig meinem Blick stand. Ich muss mich zusammenreißen, um nicht einfach vor ihm auf dem Tisch dahinzuschmelzen.

»Ja, ich habe hier vor einigen Jahren mal für einige Monate bei einer Gastfamilie gelebt und wir sind damals immer gerne hierhergekommen!«, erkläre ich ihm. Die Erinnerung an diese schönen Momente bestärkt mich etwas.

»Na dann hast du bestimmt ein Lieblingsgericht hier, oder?«, bohrt er ungeniert weiter.

»Ja, so gesehen schon. Ich habe hier für mein Leben gerne die Barbecue-Calzone-Pizza mit Basilikum gegessen, aber …«

»Klingt perfekt!«, unterbricht mich Steph, gleichsam eines Stoppbefehls.

»Die nehme ich auch!«, schließt sich Brady unserer Bestellung an, ehe ich meine Erklärung über eventuelle Unverträglichkeiten hervorbringen kann.

»Erzähl mir mehr von deiner Zeit hier!«, fordert Brady mich auf, nachdem Shayne unsere Bestellung aufgenommen hat. Ich berichte ein wenig von meinen Monaten als Au-pair und von meiner Gastfamilie und lasse die beiden an meinen schönsten Erinnerungen teilhaben. Auch Steph hört gespannt zu, schließlich kennt sie mich auch erst seit wenigen Tagen, auch wenn sich das ganz anders anfühlt und Brady das garantiert nie vermuten würde.

Als die Pizzen kommen, nutze ich die Gelegenheit, die Aufmerksamkeit endlich von mir wegzulenken, und frage Brady, warum wir heute eigentlich hier sitzen.

»Es mag jetzt alles seltsam klingen, aber ich habe da eine Notiz von dir am Grab meiner Großmutter gefunden – und plötzlich hat alles Sinn gemacht.«

»Ich verstehe noch nicht so ganz …«, murmle ich, während mir jedoch mein kleines Dankesschreiben an Marie Stewart in den Kopf kommt.

»Hast du etwa irgendeine Verbindung zu Marie Stewart?« Steph und ich schauen uns gespannt an.

»Ja, klar, Marie ist …«, er stockt und räuspert sich kurz, »besser gesagt war meine geliebte Großmutter! Sie war unglaublich. Sie war eine fantastische Frau. Ich habe so viel von ihr gelernt, und ich vermisse sie jeden Tag! Sie ist erst im letzten Jahr verstorben und seither gehe ich jeden Sonntag an ihr Grab, um Zeit mit ihr zu verbringen. Hört sich ein bisschen eigenartig an, ich weiß, aber ich bin mir sicher, sie fühlt meine Nähe. Zumindest fühle ich ihre!«

»Ich finde, das klingt alles andere als eigenartig, ehrlich gesagt finde ich das sogar richtig schön!«, schaue ich ihn an und ermutige ihn, weiterzuerzählen.

»Nun ja, auf jeden Fall habe ich mich vor zwei Jahren von meiner bisher einzigen Freundin getrennt, wir hatten eine fürchterliche Beziehung. Tiff und ich waren sieben Jahre zusammen, aber wir haben uns im Prinzip nie richtig verstanden. Als ich endlich den Absprung aus dieser unguten Beziehung geschafft hatte, kam meine Großmutter damals zu mir und sagte, ich hätte alles richtig gemacht. Mit der Trennung hatte ich auch meinen Job aufgegeben und war etwas planlos. Sie schnappte mich und fuhr mit mir in ihr Sommerhaus nach Tybee Island. Sie hatte mich mehr oder weniger gezwungen, dort ein wenig unterzutauchen und mir Abstand von meinem alten Leben zu gönnen. Tiff und ich lebten damals in Alexandria, Virginia, und in der Tat hatte mir der Tapetenwechsel gutgetan. Meine Grandma selbst war schon zu alt geworden, um sich allein auf Tybee aufzuhalten, und für mich war es der perfekte Rückzugsort, um meine Gedanken zu sortieren. Somit stellten wir ein tolles Reise-Duo dar: Ich erledigte die Einkäufe und sie kochte!«, schmunzelt er. »Auf jeden Fall möchte ich diese zwei Monate in meinem Leben niemals missen. Ich hatte sie schon immer bewundert, aber in der gemeinsamen Zeit dort habe ich noch mal einen ganz anderen Blick aufs Leben bekommen. Nach ihrem Tod letztes Jahr bin ich in ihre Wohnung in Savannah gezogen und kümmere mich jetzt um ihren Nachlass.« Betreten schaut er kurz auf seinen Teller. Nach einem kurzen Seufzer sieht er aber wieder strahlend in unsere Gesichter. Mit offenen Mündern lauschen Steph und ich seiner Erzählung, die wie ein Märchen anmutet.

»Das ist wirklich eine wunderschöne Geschichte!«, stößt Steph hervor.

»Ich will mehr wissen, am liebsten alles!«, füge ich hinzu.

»Gerne, schließlich kommt ja nun ihr bald ins Spiel«, prostet er uns mit seiner Sprite zu. »Marie und mein schon sehr viel länger verstorbener Großvater hatten eine wundervolle Beziehung. Nach seinem Ableben beschloss sie, allein zu bleiben, da sie sagte, diese Liebe erlebe man nur einmal im Leben, und ich möchte meine Erinnerungen an sie nicht verschleiern durch irgendeine Zweckgemeinschaft.« Er lächelt kurz und schüttelt dabei den Kopf. »Marie war immer eine Frau der Emotionen. Wenn sie etwas fühlte, tat sie es mit ganzem Herzen, wenn nicht, schenkte sie der Sache keinerlei Beachtung. Auf jeden Fall führten wir eines Abends am Strand hinter ihrem Haus, den ihr nun ja bestens kennt, ein irgendwie magisches Gespräch über die wahre Liebe. Ich erinnere mich wie heute, als sie mir von ihrem Traum erzählte. Sie berichtete mir, dass sie darin eine junge Frau gesehen hatte, die auf der Suche nach etwas war. Sie konnte nicht erahnen, wonach die Frau suchte, aber sie war Gast in ihrem Haus. Am meisten hatte sie bewegt, dass diese Frau sich nicht wie ein Gast anfühlte, sondern wie ein Wesen, das dieselbe besondere Energie wie die ihres Häuschens ausstrahlte. Sie sprach von irgendeiner Anziehung. Na ja, klingt ein bisschen spooky, ist jetzt auch nicht so hundert Prozent mein Spezialgebiet«, stoppt er kurz mit einem verlegenen Grinsen und fährt sich durch die Haare, ehe er mit seiner Erzählung fortfährt, »aber anschließend blickte meine Grandma mich durchdringend an, nahm meine Hand und sagte mir, dass sie in ihrem Innersten spüren würde, dass auf mich etwas ganz Besonderes wartet. Aus irgendeinem Grund sah sie in diesem Traum und dieser jungen Frau eine Verbindung zu mir. Aber sie warnte mich auch gleich und sagte: Brady, ich sehe einen Schatz für dich, aber du musst aufmerksam sein und mit wachsamen Augen durchs Leben gehen, sonst wirst du ihn womöglich nicht finden. Versprich mir, dass du immer auf die kleinen Zeichen und Wunder dieses Lebens achtgeben wirst, dann wirst du ihn entdecken! Tja, und nun sitze ich hier mit euch!«

Der neugierige Blick, den er mir nun zuwirft, entgeht mir nicht. Die Geschichte fesselt mich. Brady wirkt dennoch peinlich berührt und rechtfertigt sich: »Ich weiß, da kann man drüber lachen, aber mich haben ihre Worte nie losgelassen!«

»Das ist überhaupt kein Humbug!«, eilt Steph ihm gleich zur Hilfe. »Absolut nicht. Ich glaube an so etwas!«, beruhigt sie ihn und schließt unmittelbar ihre Erlebnisse mit dem schlimmen Unfall, Allen und ihrer damit einhergehenden Lebenswende an. Ich bin froh, dass sie den Moment für sich einnimmt, denn in mir klopfen heftige Emotionen an. Bloße Gedanken, Impulse? Erinnerungen, oder war da ein Traum? Wie eine Explosion schießt mir plötzlich mein Traum aus der Nacht im Ananas-Bungalow zurück in mein Gedächtnis. Fassungslos starre ich Brady an. Mein Traum aus dem Ananas-Bungalow deckt sich mit den Erzählungen aus dem Traum seiner Großmutter Marie Stewart. Tief atme ich durch. Ein Surren macht sich in meinem Kopf breit.

»Alles okay bei dir?«, fragt mich Brady, der meine kurze Abwesenheit bemerkt haben muss.

»Ja, es ist alles gut, es ist nur …«

In diesem Moment erscheint Shayne mit unseren Pizzen. Dankbar für die Unterbrechung schneide ich mir ein Stück ab und beiße hinein.

»Mir wurde etwas schummrig vom Hunger, die kam jetzt genau richtig!«, lenke ich schnell von mir ab.

Die Pizza schmeckt köstlich, so wie in meiner Erinnerung, und tut gerade richtig gut.

»Mmh, das ist ja wirklich eine tolle Kombination mit der Barbecue-Soße und dem Basilikum, da wäre ich nicht draufgekommen!«, schwärmt Steph.

Neugierig fordere ich Brady zu weiteren Erzählungen auf. »Der schöne Bungalow wie ihr ihn kennt, war Grandmas Ein und Alles. Sie liebte ihre Sommer dort und sie wollte ihn zuerst mir vermachen. Aber als wir gemeinsam dort Urlaub machten, beschlossen wir, dass sie es nach ihrem Ableben erst einmal für einige Jahre der Welt zugänglich machen sollte. Grandma hoffte stets auf das Gute im Menschen und hatte die Vision, mit diesem Häuschen ein Zeichen zu setzen. Ihr habt euch vielleicht auch schon gefragt, was es mit der Ananas auf sich hat. In den Südstaaten steht die Ananas für ein Zeichen der Gastfreundschaft. Marie wollte auch über ihren Tod hinaus ihre Gastfreundschaft weiterleben lassen. Ihr war es wichtig, dass viele Menschen davon erfahren und dadurch auch der Glaube an das Gute in die Welt hinausgetragen wird. Und über dies hinaus«, Brady pausiert kurz, »machte sie stets solche Anspielungen, als würde durch ihr Häuschen magische Luft strömen, die hie und da zu Wundern führt.«

Brady berichtet weiter, wie das Häuschen im letzten Jahr von vielen Besuchern aufgesucht wurde, erst durch Zufall und nun mehr und mehr aus Neugier. »Leider sind eben doch nicht alle Menschen so gutgläubig und versprechen sich durch eine Nacht im Bungalow ein Wunder zu erleben und einfach weiterzuziehen, aber so funktioniert das nicht«, schmunzelt er. »Jedenfalls ging ich wie jeden Sonntag zum Grab. Als ich bei Marie saß und ihr von meiner Woche berichtete, ging das Teelicht in ihrer kleinen Kerzenbox aus, und ich wollte es neu entzünden, dabei ist mir deine kleine Notiz an sie in die Hände gefallen.« Ehrfürchtig sucht er meinen Blick. Steph sucht mit ihrem Fuß den meinen, um mich zu beruhigen. Sie muss spüren, dass ich am liebsten davonrennen würde, um tief durchzuatmen. Solche Träume und Emotionen hatte ich zuvor immer nur in meinem Tagebuch erlebt, aber jetzt muss ich diese Situation leibhaftig selbst durchleben – mit all ihren dazugehörigen aufkommenden Gefühlen.

Brady erklärt weiter, dass ihm die Notiz einen kleinen Stromschlag verpasst hatte. Er hatte sofort gespürt, dass das eines der kleinen Wunder war, auf die er achten sollte.

»Und wofür möchtest du dich jetzt bei mir bedanken?«, frage ich so gelassen wie möglich, um die für mich schier unerträgliche Spannung aus der Situation zu nehmen.

»Wie ich schon erwähnt hatte, viele Gäste kommen, aber die meisten nur für die Story. Die Menschheit ist oft einfach nur ein egoistisches Rudel. Aberhunderte von Instagram-Posts zeigen das Häuschen, beinhalten magisch anmutende, erfundene Geschichten für Likes, aber keiner von den bisherigen Gästen kam jemals auf die Idee, herauszufinden, welche wahre Geschichte wirklich hinter diesem Bungalow steckt. Dabei ist es wirklich nicht schwierig, am Touristen-Center einmal nachzufragen, Gregory ist bestens informiert. Die Tatsache, dass ihr euch diese Mühe gemacht habt und Marie die Ehre entgegengebracht habt, an ihr Grab zu gehen, um euch persönlich zu bedanken, hat mich sprachlos gemacht. Ich hätte ohne die Dankesworte in deiner Notiz an sie womöglich nie davon erfahren, und deshalb bin ich heute hier. Ich möchte mich bei euch und vor allem bei dir, Heather, bedanken, dass du diese Zeilen geschrieben hast und mir die Hoffnung zurückgegeben hast, dass Grandmas letzter Wunsch doch weiterleben kann, wenn auch nur durch einige wenige.«

Verlegen strahle ich ihn an. »Nun ja, ich hatte mir nicht viel dabei gedacht. Vor allem, nachdem wir dann noch dieses Gemälde auf dem Farmers' Market erworben hatten. Wir wussten von all der Magie um das Häuschen nichts, aber es fühlte sich alles so magisch an, und na ja, es ist jetzt etwas peinlich, aber ich träume sehr gerne und schreibe mir diese Dinge normalerweise auf, aber ich habe auf der Anreise mein Tagebuch verloren und wollte den Moment dennoch irgendwie festhalten und eine innere Stimme ließ mich dann die Zeilen an Marie schreiben. Ich hatte das Gefühl, ihr etwas sagen zu wollen, aber ich wusste nicht genau, was oder wie. Also entschied ich mich dafür, ihr einfach zu danken. Der Abend im Bungalow war irgendwie lebensverändernd für mich gewesen und das musste ich, wenn schon nicht meinem Tagebuch, wenigstens ihr mitteilen.«

Brady berichtet, wie er, nachdem er die Notiz gefunden hatte, umgehend zu Gregory gefahren war, um herauszufinden, wer die vergangene Nacht im Bungalow verbracht hatte. Gregory schien ganz aufgeregt und berichtete ihm von uns beiden und dem Gemälde, welches wir auf dem Farmers' Market erworben hatten. Anschließend gab er ihm unsere Kontaktdaten.

»Na ja, und durch die Personenbeschreibung war es leicht, herausfinden, wer von euch beiden Heather sein muss, schließlich hattest du deinen Brief an Marie unterschrieben!«, schließt er seine Erzählung, mit dem Blick auf mich gerichtet, ab.

»Darauf lohnt es sich, anzustoßen!«, lockert Steph die gebannte Situation am Tisch auf.

Nachdem Shayne unsere leeren Teller weggeräumt und uns eine Runde Eistee serviert hat, möchte Brady wissen, woher wir kommen und was uns nach Tybee Island gebracht hat. Er kann es schier nicht glauben, dass auch wir uns erst wenige Tage zuvor im Flugzeug getroffen hatten. Der Handynummer nach hatte er bereits vermutet, dass wir nicht in den USA leben würden.

»Ich wollte schon immer mal nach London!«, prostet er mir mit einem verführerischen Lächeln zu. »Wie lange bleibt ihr denn noch?«

»Am liebsten für immer!«, meine ich und wir versinken in ein langes Gespräch über Musik, Träume, Reisen und seinem Hobby, dem Skaten. Als Shayne beginnt, um uns herum die Tische sauberzumachen, bezahlen wir und gehen noch ein Stück spazieren.

»Meinst du, du hast die Tage vielleicht noch einmal Zeit für ein Treffen?«, fragt mich Brady, als wir vor dem Sea Turtle ankommen. »Ich meine, du bist ja ab morgen allein hier, und vielleicht könnten wir ja noch mal zusammen was unternehmen?«

Mein Herz macht einen kleinen Purzelbaum und Stephs Gesicht verzieht sich hinter Brady versteckt zu einem breiten Grinsen.

»Ich denke schon!«, flüstere ich und presse meine Lippen zusammen. »Lass uns schreiben!«, stoße ich noch hervor und verschwinde schneller als geplant in unserem Zimmer.

Steph, die sich ordentlich verabschiedet, kommt wenig später ins Zimmer und bricht in einen Lachanfall aus. »Du hättest dich gerade sehen sollen! Das war filmreif, aber gut! Macht die ganze Geschichte noch magischer!«, zwinkert sie mir zu.

»Aber mal im Ernst, ist das nicht alles einfach nur verrückt?«, fragt sie mich und setzt sich kopfschüttelnd auf unser Bett.

»Zu hundert Prozent verrückt!«, stimme ich ihr zu. »Seit ich in diesem Flugzeug mit dir saß, ist einfach alles nur noch verrückt!«

»Lust, noch ein bisschen am Strand zu sitzen und zu quatschen?«, bietet sie mir an, und wir ziehen mit zwei Coladosen aus der Minibar los, um unseren letzten gemeinsamen Abend im Sand sitzend ausklingen zu lassen.

Allein und auch nicht

»Na, dann werden wir uns wohl das nächste Mal erst wieder in London sehen!«, verabschiedet mich Steph mit einer langen Umarmung am nächsten Morgen. Obwohl London eine Millionenstadt ist, wohnt sie erfreulicherweise nicht weit von mir entfernt, und ich kann es jetzt schon kaum erwarten, sie nach ihrer Rückkehr dort wiederzutreffen.

»Genieße die Hochzeit und die Woche mit Allen in Costa Rica, ihr werdet es dort lieben!«, sage ich. Verträumt stelle ich mir vor, wie schön es sein könnte, morgen hier auch auf meine große Liebe zu treffen, die extra einfliegt, um gemeinsam nach der Hochzeit von Freunden nach Südamerika weiterzureisen. Ich gönne es Steph von ganzem Herzen und bin sehr gespannt darauf, Allen bald einmal persönlich in London kennenzulernen.

Ich begleite Steph zum Bus, der sie nach Ponte Vedra zur Hochzeitsgesellschaft bringen wird. Wir halten den Abschied kurz und schmerzlos – in dem sicheren Wissen, dass diese Freundschaft eine fürs Leben sein wird und hier erst ihren Anfang gefunden hat.

Beflügelt durch dieses schöne Gefühl schlendere ich bei meinem Rückweg durch die mir bekannten Straßen von Atlantic Beach. Es ist so schön, endlich wieder hier zu sein. Ich erkenne all die Häuser wieder, die sich am Ocean Drive aneinanderreihen und die immer wieder zwischen den Häusern hervorblitzenden kleinen Brücken und Stege, die über die Dünen ans Meer führen. Es tut gut, nach all dem Trubel der vergangenen Tage meine Gedanken zu sortieren. Hungrig komme ich wieder am kleinen Zentrum an, an dem sich Atlantic und Neptune Beach treffen und sich auch das Sea Turtle befindet. Ich schiele auf die Terrasse zu Al's Pizza hinüber und denke an den gestrigen Abend. Irgendwie kommt es mir seltsam vor, dass seit dem Verpassen meiner U-Bahn in London nur wundersame Dinge passiert sind. Das Zusammentreffen mit Steph, der Flugausfall, der Ananas-Bungalow, Brady … Ob er sich wirklich melden wird? Vielleicht hätte ich mich gestern etwas verbindlicher geben und ihn doch direkt auf einen Tag festnageln sollen? Die alte Heather hätte direkt zugesagt und im selben Moment noch einen Tisch reserviert. Mist. Es war sicher nicht der schlaueste Zeitpunkt gewesen, um einen auf unabhängig zu machen. Ich ärgere mich über mich selbst. Offensichtlich weiß ich wohl wirklich nicht, wie man datet, aber ich war auch schon viel zu lange aus der Übung und meine letzten Erfahrungen hatten nicht gerade Lust auf mehr gemacht. Mit Steph an meiner Seite war es mir leichter gefallen, die kreisenden Gedanken abzuwehren. Ich entscheide mich für ein spätes Frühstück im Shelby's. Dort hatte ich früher die Croissants und den frischen Saft geliebt. Ich gehe ein paar Schritte weiter und da sehe ich es auch schon vor mir, das vertraute Holzschild mit der unverkennbaren Aufschrift. Ich gehe hinein und schaue mich um. Alles ist wie immer. Die Theke scheint erneuert und das Lokal etwas modernisiert zu sein, aber das Flair ist gleich geblieben. Ich bestelle mir einen frischen Smoothie aus Banane und Mango und dazu ein glutenfreies Avocado-Sandwich.

Nach dem Frühstück kontaktiere ich meine Gastfamilie und verabrede mich für den Abend mit ihnen. Den Nachmittag möchte ich nutzen, um mich endlich um meine Büroangelegenheiten zu kümmern, bevor ich es mir wieder anders überlege. Zurück im Sea Turtle setze ich mich auf die Armlehne des Sessels und lausche angespannt all den Nachrichten meines Chefs der letzten Tage. Ich hatte mein Telefon heute zum ersten Mal angelassen, in der Hoffnung, Brady würde sich melden, und höre mir auch umgehend die weiteren fünf Meldungen von heute an. Parallel überfliege ich die zahlreichen E-Mails, die auf meinem Handy eingetroffen sind. Ich bin froh, dass ich mein Laptop nicht bei mir habe, zu verlockend wäre es, hier und da doch eine Antwort zu versenden, um meiner gefühlten Verpflichtung nachzukommen. Ich hatte es noch nie leiden können, auf dem Handy E-Mails zu beantworten.

Eine E-Mail jedoch macht mich glücklich. Das Fundbüro in Heathrow hat mir eine Abholnummer für das Laptop und Tagebuch zugesandt. Kurz halte ich inne. Unglaublich – vor nur wenigen Tagen hatten diese beiden Dinge noch eine solch wichtige Rolle in meinem Leben gespielt … Ich müsste mich jetzt eigentlich wieder komplett fühlen, aber alles, was ich in diesem Moment fühle, ist die pure Erleichterung darüber, dass ich dem Büro keinen Verlust melden muss. Durch dieses schöne Gefühl motiviert, höre ich mir wieder und wieder die immer aufgebrachteren Nachrichten von Dr.

Matthews an und mit jedem Mal macht mich der vorwurfsvolle, respektlose Ton wütender. Würde ich wirklich auf alles eingehen und reagieren, was seit meiner Abreise von mir verlangt worden war, hätte ich sage und schreibe noch keine Sekunde Urlaub gehabt, und das bei hundertvierzehn angesammelten Überstunden. Der Gedanke daran, dass ich mit diesen Urlaubstagen sogar noch Urlaub vom Vorjahr abbaue, gibt mir den Rest. Ich blicke auf die Uhr. Das Büro ist bereits voll besetzt. Wäre Steph doch nur bei mir … Aber es hilft nichts.

Mit zittrigen Händen, aber fest entschlossen, wähle ich Dr. Matthews Nummer. Ich entscheide mich, nicht um den heißen Brei herumzureden und nur mit ihm persönlich zu sprechen.

Wie durch ein Wunder erreicht mich in diesem Moment eine Nachricht von Steph:

Hey Süße, bin gut angekommen.
Kurzer Reminder: Falls deine Zweifel dich wieder überkommen, weil du allein bist mit dir und deinen Gedanken – lass dich davon bitte nicht abbringen, deinen Job zu kündigen.
Wir haben alles besprochen. Du wirst etwas Besseres finden! Deinem Chef geht es nicht um

dich, sondern um sich. Und halte dir immer vor Augen, wie toll die letzten Tage waren und wie du dich gefühlt hast!!
Denk an unsere Ohrringe ;p
Von Herz zu Herz, ich glaub an dich!
Deine Steph <3
PS: Bald sehen wir uns wieder! xoxo

Fassungslos, aber nach all den Vorkommnissen der vergangenen Tage nicht mehr verwundert – und schmunzelnd über dieses Timing –, schüttle ich meinen Kopf und lausche, durch Stephs Worte bestärkt, dem Tuten. Mein Herz klopft immer stärker. Das Tuten scheint immer lauter und länger zu werden. Kurz bevor ich auflegen möchte und mir das Herz aus dem Hals zu stolpern droht, höre ich die mir so vertraute Stimme von Dr. Matthews.

»Heather? Gott, verdammt, wo treiben Sie sich eigentlich herum? Ist Ihnen eigentlich klar, dass wir uns hier im Büro dank Ihnen permanent mit unwichtigen Nichtigkeiten herumschlagen müssen, die uns wertvolle Zeit für die wirklich wichtigen Dinge stehlen? Warum in Gottes Namen antworten Sie seit Tagen nicht? Sie werden das nicht gerne hören, aber das wird unangenehme Folgen für Sie haben! Von der Gehaltserhöhung, die ich Ihnen für den Herbst vorgeschlagen hatte, brauchen Sie nach diesem Verhalten nicht einmal mehr zu träumen wagen! Heather, Sie haben uns völlig im Stich gelassen. Sie sagten, Sie gehen in den Urlaub - und tauchen einfach komplett ab. Dieses respektlose Verhalten kann ich beim besten Willen nicht akzeptieren!«, rauschen seine Worte in mein Ohr.

Puh, das sitzt, aber es ist exakt das, was ich hören musste, um mich handeln zu lassen. Wie mit Steph besprochen, atme ich dreimal tief durch, ehe ich antworte: »Dr. Matthews, Sie können sich Ihren Rüffel für meine Nachfolgerin aufsparen. Ich für meinen Teil habe genug. Ich wünsche Ihnen alles erdenklich Gute. Meine schriftliche Kündigung sowie das Laptop werde ich umgehend nach meiner Rückkehr im Büro einreichen. Ich wünsche Ihnen eine gute Zeit und weiterhin viel Erfolg!«

Ein wütendes Schnauben am anderen Ende der Leitung verrät mir, dass ich es erstmalig geschafft habe, Dr. Matthews sprachlos zu machen. Vor meinem inneren Auge erscheint eine Comic-Version von meinem Chef, der fassungslos und mit feuerrotem Kopf auf das Telefon starrt - und ich muss grinsen. Um mir weitere Schimpftiraden zu ersparen, lege ich schnell auf und rutsche erleichtert von der

Armlehne tief in den Sessel hinein. Du hast es echt geschafft, Heather, lobe ich mich selbst. Kleine Tränen der Erleichterung brauen sich in meinen Augen zusammen und die warmen Tropfen streicheln wie zum Trost meine Wangen. Ich fühle mich befreit.

Ein Klopfen an der Tür reißt mich aus dem Schlaf. Ich muss eingeschlafen sein. Habe ich meine Gastfamilie etwa versetzt? Erschrocken schaue ich auf die Uhr. Aber es ist erst 17:08 Uhr. Ich habe noch eine knappe Stunde Zeit. Verwundert gehe zur Tür. Ein Typ, etwa in meinem Alter, auf einem BMX, wedelt mir mit einem Brief zu und stellt sich als Kurierfahrer vor. Noch etwas schläfrig nehme ich den Brief entgegen und lege ihn auf die Kommode, um mich erst einmal zu duschen und für den Abend fertigzumachen. Wer schickt mir denn hierher einen Brief mit einem Kurier? Und warum fährt er mit einem BMX? Irgendwie ist das doch schon wieder komisch. Endlich wieder richtig wach, steige ich aus der Dusche und hüpfe, nur mit dem Handtuch bekleidet, aus dem Bad. Neugierig reiße ich den Umschlag auf und entnehme einen handgeschriebenen kurzen Brief:

Hey Heather,
du sagtest ja, ich soll dir schreiben, was ich hiermit tue ☺
Ich habe das Gefühl, du magst handgeschriebene Notizen und Briefe, deshalb habe ich mich für diese Variante entschieden.
Ich fand unseren gestrigen Abend wirklich schön und lustig. Ich möchte dich gerne wiedersehen und freue mich, falls du das auch möchtest.
Cheers,
Brady

Ich muss lachen. So ein Spinner! Ich greife nach meinem Handy. Die Nummer hatte ich direkt nach dem Treffen eingespeichert, mir unbekannt ist der dazugehörige Anrufer nun wirklich nicht mehr. Erneut versinken meine Gedanken im gestrigen Abend. Brady ist ein echtes Schnittchen. In meinen wildesten Träumen hätte ich mich nicht getraut, ihn mir derartig auszumalen, er scheint zu perfekt.

Aufgeregt tippe ich:

Hi Brady,
danke für deinen »Zettelbrief«. Der Punkt geht an dich, du hast mich sehr überrascht.

Da ich der Annahme bin, dass der BMX-Fahrer wohl eher ein Bekannter von dir ist als ein seriöser Kurier, antworte ich dir auf diesem Wege. Auch ich fand den Abend sehr schön und würde mich über ein Wiedersehen freuen.

Ich zögere. Zu gerne würde ich ihn jetzt umgehend auf einen Tag, eine Uhrzeit und ein Restaurant festnageln, aber ich zwinge mich, lässig zu bleiben. Wenn mir schon dieses Glück widerfährt, im echten Leben einen Mann kennenzulernen, der wie aus meinem Tagebuch-Traum entsprungen zu sein scheint, dann wird er auch wissen, wie es weitergeht in diesem Skript.

Ich füge noch ein kurzes »Heather« und ein Brieftauben-Emoji hinzu und schicke die Nachricht los. Schnell stelle ich den Ton auf leise, lege das Handy mit dem Display nach unten unters Kopfkissen und mache mich fertig für den Abend. Ein letzter Blick in den Spiegel und es kann losgehen.

Gerne würde ich mein Handy einfach an Ort und Stelle liegen lassen, aber ich werfe dennoch einen kurzen Blick darauf, um mich zu vergewissern, dass mit meiner Gastfamilie alles wie geplant läuft, und da sehe ich auch schon seine Antwort. Ich zwinge mich, sie erst später zu öffnen, wenn ich wieder zurück bin, und schiebe das Handy in die Tasche.

Das Wiedersehen mit meiner Gastfamilie verläuft harmonisch und schön. Ich bin dankbar darüber, bei Ihnen, auch nach all der Zeit, immer wieder so willkommen zu sein. Zu lange hatten wir uns nun schon nicht mehr gesehen und der ausgiebige Austausch tat gut, obgleich mich das gemeinsame Betrachten alter Bilder etwas melancholisch gestimmt hatte: Ich wirkte damals deutlich gelassener, als ich mich in den letzten Jahren oft fühlte.

Als ich Stunden später zurück im Zimmer bin, kann ich es nicht mehr erwarten und schwinge mich mit meinem Handy auf den Sessel. Neben Bradys Nachricht habe ich auch eine von Steph, in der sie wissen will, ob »er« schon geschrieben hat.

Neugierig öffne ich seine nun schon vier Stunden alte Nachricht.

Das klingt nach einem Plan. Ich kann am Freitag noch mal nach Jax kommen?

Bei dem Gedanken daran, ihn schon in zwei Tagen wiederzusehen, durchzieht mich ein heftiges Kribbeln im Bauch.

Das klingt super, aber dann musst du ja schon wieder so weit fahren?!

Ich tippe schnell, in der Hoffnung, dass er noch wach ist, und klicke auf »Senden«. Als hätte er nur darauf gewartet, blinkt bereits wenige Sekunden später seine Antwort auf.

Da mach dir mal keine Sorgen. Mein Freund Cory, dir besser als der BMX-Fahrradkurier bekannt, lebt auch in Atlantic Beach, ich bin öfter da, seine Couch kennt mich schon ;)
Außerdem habe ich sowieso mal wieder Lust auf eine kleine Tour mit meinem Motorrad.
Ich freue mich! Bis Freitag und genieß die Tage!

Ich freue mich auch, bis Freitag!

Er schreibt, dass er sich freut! Ich lese die Zeilen immer wieder und mein Magen macht einen Purzelbaum. Ich mache einen Screenshot unseres Austauschs, sende diesen mit einem zwinkernden Smiley an Steph und kuschle mich glücklich ins Bett.

Als ich am nächsten Morgen aufwache, bin ich viel zu aufgeregt, um einen klaren Gedanken zu fassen. Stephs Antwort auf meine Nachricht gestern Abend trägt nicht unbedingt zu meiner Beruhigung bei. Ein hysterisches Fiepen als Sprachnachricht dringt für etwa zwanzig Sekunden an mein Ohr, gefolgt von einem »Oh, wie spannend!«. Vor meinem inneren Auge sehe ich sie aufgeregt in die Hände klatschen.

Ich mache mich fertig für eine Meditation am Strand und besuche das St. John's Town-Center. Ich habe diese Mall früher geliebt und bin schon seit Wochen voller Vorfreude. Nach einem ausgiebigen Bummel durch jedes einzelne Geschäft meines liebsten Einkaufszentrums und einem leckeren Abendessen in der Cheesecake-Factory, nutze ich ein Taxi, um zurück Richtung Atlantic Beach zu gelangen. Wohlig müde lehne ich mich im Sitz zurück und lasse meinen Blick durch die an uns vorbeiziehende Landschaft streifen.

Außerdem habe ich sowieso mal wieder Lust auf eine kleine Tour mit meinem Motorrad!, melden sich Bradys Worte erneut in meinem Kopf. Gegen eine kleine Spritztour als Beifahrerin hätte ich auch nichts einzuwenden. Die Taxifahrt endet in der Haltebucht des Sea Turtle und mit einem tiefen Seufzer befördere ich mich ins Hier und Jetzt zurück. Ich bringe meine Taschen aufs Zimmer und nutze den Abend für einen ausgiebigen Strandspaziergang und ein ausführliches Telefonat mit meiner Mutter. Ich berichte ihr von unserem Erlebnis auf Tybee Island, Bradys Anrufen und dem Treffen mit ihm, meiner Kündigung und dass ich Brady morgen wiedersehen werde. Immer wieder vergrabe ich mit meinem linken den rechten Fuß und dann wieder umgekehrt und beobachte fasziniert die abertausenden Sandkörner, wie sie sich immer wieder von Neuem in Form tanzen.

»Weißt du, Mama, ich habe mich lange nicht so lebendig gefühlt. Ich habe keinen Plan B und erst recht keinen Plan C, wie du es von mir kennst, aber erstaunlicherweise verspüre ich keine Angst. Im Gegenteil. Ich empfinde Vorfreude, obwohl ich nicht weiß, was kommt!«, sage ich mehr zu mir selbst als zu ihr.

Zu meinem Erstaunen scheint sie erleichtert zu sein und bittet mich lediglich, weiterhin achtsam zu sein und auf mich aufzupassen. Ein wenig verwundert darüber beende ich unser Gespräch.

Nach dem Auflegen bemerke ich, dass Brady mir wieder geschrieben hat.

Hey Heather,
ich plane morgen gegen 13 Uhr aufzuschlagen, wollen wir gleich wieder deine Lieblingspizza essen gehen? Sie war wirklich richtig gut!

Meine Müdigkeit ist wie weggeblasen und aufgeregt tippe ich in die Tasten.

Klingt gut, aber morgen möchte ich mal deine Lieblingspizza probieren. Holst du mich mit deinem Motorrad ab? Sind zwar nur hundert Meter, aber ich habe Lust auf Motorradfahren ☺

Bradys Antwort lässt nicht lange auf sich warten.

Klar, gerne! Dann habe ich schon eine andere Idee, wird dann zwar nicht meine Lieblingspizza, aber dafür was anderes Leckeres.

Daraufhin schreibe ich:

Bin gespannt! Bis morgen!

Fahrtwind

Ich weiß zwar nicht, wie ich es geschafft habe, aber ich muss eingeschlafen sein und sehr gut geschlafen haben, denn als ich aufwache, ist es bereits 8:37 Uhr, und ich sehe zwei verpasste Anrufe von Steph.

Müde reibe ich mir die Augen und realisiere, dass heute Freitag ist. In Vorfreude auf das anstehende Treffen springe ich aus dem Bett und husche unter die Dusche. Zu lauter Musik verwöhne ich meinen Körper mit dem köstlich duftenden Duschschaum, den ich mir gestern in einem der Kosmetikläden in der Mall gegönnt habe. Anschließend werfe ich mir mein neues Kleid drüber und schnüre meine weißen Sneaker. Ich drehe mich theatralisch im Spiegel und bin sehr zufrieden mit dem Ergebnis. Mein Blick fällt dabei auf die neuen Ohrringe und direkt greife ich zum Handy.

9:23 Uhr. Ich wähle Stephs Nummer und es läutet. Mist, noch dreieinhalb Stunden, was soll ich bloß so lange tun, ich halte es jetzt schon nicht mehr aus. Zu meiner Freude nimmt Steph ab.

»Heather, wie geht es dir? Wann findet das Treffen statt? Ich sag's dir, ich bin mindestens genauso aufgeregt wie du!«

Ich berichte ihr von unserem Plan und frage sie, wie es bei ihr so läuft. Fröhlich erzählt sie mir von den chaotischen Hochzeitsvorbereitungen und dem schönen Wiedersehen mit Allen am Flughafen gestern.

»Er will dich unbedingt kennenlernen!«

»Ich ihn auch, sag ihm das. Ich freue mich darauf! Aber nun genießt die Feierlichkeiten heute und morgen und dann melde dich, wenn ihr am Sonntag gut in Costa Rica angekommen seid, okay?«

»Du brauchst nicht glauben, dass ich bis Costa Rica warte, um alle Einzelheiten zu eurem Wiedersehen zu erfahren!«, neckt sie mich, ehe wir auflegen.

10:11 Uhr. Das geht so nicht. Ich spaziere los zu Shelbys und gönne mir einen leckeren Cappuccino mit Hafermilch und schlendere durch die kleinen Straßen, die das kleine Stadtzentrum von Atlantic Beach bilden. Ein paar der Läden kenne ich noch, einige sind neu. Ich verweile ein bisschen im Buchladen.

Ein schönes Notizbuch mit dem Aufdruck einer Ananas fällt mir in die Hände und ich beschließe, es für Brady zu kaufen. Ich weiß zwar nicht, ob er schreibt und wann ich es ihm geben werde, aber ich finde es wunderschön, und irgendetwas wird er schon damit anzufangen wissen. Im nächsten Laden finde ich handgemachte Ohrringe. Eines der Designs bringt mich zum Lachen. Es besteht aus einem kleinen Papagei, der in einer goldenen Kreole sitzt und mich an unseren unvergesslichen und lustigen Piratenabend in St. Augustine erinnert. Glücklich laufe ich zur Kasse und bezahle die Ohrringe. Ich muss sie Steph schenken, wenn wir uns in London wiedersehen. Befriedigt von meinen Errungenschaften gehe ich zurück ins Sea Turtle, um mich nochmals frisch zu machen.

12:27 Uhr. Die Aufregung steigt. Brady erlöst mich Gott sei Dank überpünktlich um 12:51 Uhr mit lautem Motor von meiner sich steigernden Nervosität. Durchs Fenster meines Zimmers sehe ich ihn anfahren und sein Motorrad auf dem Parkplatz davor parken. Ich atme tief durch und springe zur Tür. Gerade als ich diese öffne, formt er seine Hände, schon zum Anklopfen bereit. Unsere Blicke treffen sich und mit einem Mal ist alle Anspannung verflogen. Erleichtert strahle ich ihn mit meinem breitesten Grinsen an und mache eine einladende Handbewegung.

»Hereinspaziert!«, sage ich.

Beim Vorbeigehen mustere ich schnell seinen ganzen Körper inklusive Rückseite, ehe er sich wieder zu mir umdreht. »Heiß!«, schiebt sich mir Stephs treffende Formulierung für ihn wieder in Erinnerung. Ja, da hat sie wohl recht gehabt.

»Wie war die Fahrt?«, bemühe ich mich um ein Gespräch, wobei mir der Sinn danach stehen würde, ihn einfach nur anzustarren.

»Super, hat richtig Spaß gemacht! Schön hast du es, ich war noch nie in einem der Zimmer hier. Wollen wir gleich los oder brauchst du noch ein bisschen?«

Verunsichert schaue ich an mir herunter, denn ich war der Meinung, abfahrtbereit zu sein. Brady bemerkt meine Reaktion und muss lachen.

»Quatsch, so war das nicht gemeint, du siehst hervorragend aus! Ich bin nur etwas zu früh und weiß ja nicht, was du gerade getrieben hast bis zu meiner Ankunft!«

Auf der Sessellehne gesessen und sekündlich auf die Uhr geschaut, wäre jetzt die richtige Antwort, ich verkneife sie mir aber.

»Ich? Ach, nichts Wichtiges, ich bin auf einem dieser unzähligen YouTube-Videos hängengeblieben, kennst du sicher!«, überspiele ich cool meine Aufregung. Die Anspannung ist weg, aber die Nervosität bleibt. Ich bin froh, dass wir wenig später auch schon auf seinem Motorrad sitzen und ich die Begrüßung erst einmal in Ruhe verarbeiten kann. Ich schmiege meine Hände um seinen Bauch und versuche, tief durchzuatmen. Mit jedem Atemzug nehme ich seinen Geruch tiefer wahr und seine Körperwärme, die ich an meinen Armen spüre, tut ihr Übriges. Nein, verarbeiten kann ich hier gar nichts. Was würde Steph bloß tun? Mit aller Gewalt zwinge ich mich, an sie zu denken, und versuche verzweifelt, einen Ratschlag von ihr zu ergattern. Mit einem Mal stoppen wir an einer Ampel und ich spüre seine linke Hand kurz auf meiner liegen. Die Wärme seiner Finger durchfährt mich und beruhigt mich umgehend.

»Alles okay bei dir? Du wirkst so angespannt, ich hoffe du hast keine Angst?«, ruft er mir von vorne zu.

»Nein, alles super!«, schüttle ich heftig den Kopf, »ich finde es großartig!« Ich spüre, wie die geballte Anspannung in meinem Körper durch seine unerwartete, aber sanfte Berührung unmittelbar nachlässt und mich ein wohliges Gefühl der Entspannung durchströmt. Steph muss meinen Hilferuf gehört haben, schmunzle ich und genieße endlich seine Nähe und den warmen Fahrtwind an meinen Beinen. Nach etwa zwanzig Minuten halten wir an einem Restaurant mit der Aufschrift »Dockside Seafood Restaurant«, das direkt an einem großen Fluss gelegen ist.

»Kennst du das schon?«, will Brady wissen, als wir absteigen.

»Nein, hier war ich noch nie! Ich kenne Seafood-Restaurants in Mayport im Norden, aber diese Stelle ist mir neu.«

»Cool, dann bin ich jetzt dein Tourguide. Schau!«, er zeigt auf das Wasser, »dieser Fluss ist der Intercoastal Waterway, er besteht aus Salzwasser und manche Boote nutzen ihn als Durchfahrt, um möglichen Gefahren einer Fahrt auf dem offenen Atlantik zu entgehen.«

»Süß!«, platzt es aus mir heraus.

»Nein, ist echt Salzwasser, soll ich's dir beweisen?«, fordert er mich umgehend mit einer kindlichen Verspieltheit heraus.

»Nein, nein, ich glaub's dir schon, ehrlich gesagt war das süß an dich gerichtet!«, lächle ich nun verlegen.

Bradys Blick verhärtet sich etwas. »Okay, Heather, nenn mich alles, aber nicht süß!«

Ein Bauchkribbeln macht sich bemerkbar. Irgendwie vereint dieser Mann sämtliche Facetten, die mir gefallen. Er schnappt mich am Arm und zieht mich hinter sich her.

»Auf geht's, ich habe uns den schönsten Tisch reserviert, du isst doch Fisch, oder?«

Nickend laufe ich ihm hinterher, schwer bemüht, nicht die Treppen hinauf auf die Veranda zu stolpern. Oben angekommen präsentiert sich uns ein wunderschöner Blick auf den Fluss. Nachdem wir Platz genommen und bestellt haben, möchte Brady wissen, was ich arbeite und was ich so in London treibe. Ich berichte ihm ausführlich von meiner Kündigung und wie es dazu gekommen ist und gebe ihm zu verstehen, dass ich mir bisher in London jobtechnisch nicht wirklich ein Privatleben gegönnt habe. Brady hört aufmerksam zu.

»Bestimmt denkst du jetzt, dass ich eine totale Langweilerin bin!«, füge ich hinzu und tupfe dabei den letzten Tropfen meines köstlichen Mango-Koriander-Dressings mit einem Stück Baguette auf. Ich bin selbst erstaunt darüber, dass mein Bauch seit dem Flugzeug noch keine Zipperlein gemacht hat. Normalerweise ruft schon allein der Gedanke an Brot in mir Bauchschmerzen hervor.

»Du und langweilig?«, erwidert Brady, vehement den Kopf schüttelnd, »ganz im Gegenteil, ich finde dich furchtbar interessant! Ich war noch nie in London, und für mich klingt das alles unfassbar spannend! Ich finde es aber bemerkenswert, dass du den Mut hattest, zu kündigen - und einen Neuanfang ohne Plan B zu wagen. Das unterstreicht doch erst recht, dass du alles andere als langweilig bist. Und außerdem, wer definiert denn, was langweilig ist, im Endeffekt geht es doch ums Glücklichsein, oder nicht?«

Wie recht er hat. Ich könnte in seinen Augen versinken. Ich entschuldige mich für einen Moment, um auf die Toilette zu huschen. Ich muss unbedingt Steph anrufen. Es läutet zweimal, dreimal, viermal, und endlich höre ich ihre Stimme am anderen Ende der Leitung.

»Heather? Alles okay bei dir? Bist du schon wieder zurück?«, fragt sie erschrocken.

»Ja und Nein, alles okay, ich bin noch mit ihm unterwegs. Aber du glaubst es nicht, es scheint alles einfach perfekt zu sein. Er hat schöne Ansichten übers Leben und ist so aufmerksam und gleichzeitig aber auch cool, dazu sein Blick und diese Haare …«

»Huiuiui, na, wenn da mal jemand nicht dabei ist, sich zu verlieben!«, unterbricht mich Steph mit einem freudigen Singsang.

»Ich kann wirklich für nichts garantieren … Aber da muss es einen Haken geben, es ist alles zu schön, um wahr zu sein! Okay, aber ich muss jetzt wieder auflegen, Brady denkt, dass ich nur schnell auf der Toilette bin!« Wir kichern und legen auf.

Zurück am Platz fragt mich Brady, ob ich das Gemälde seiner Großmutter noch bei mir habe.

»Aber natürlich!«, antworte ich fast schon empört über diese Frage, »was denkst du denn? Hör mal, dieses Bild wird einen Ehrenplatz bei mir erhalten! Steph und ich haben dir ja berichtet, wie wir uns kennengelernt haben und was sich seitdem alles zugetragen hat, ist das nicht verrückt?«

»Man kann es verrückt nennen, aber ich nenne es Bestimmung. Mein Gefühl sagt mir, dass es das Universum ganz besonders mit dir meint und du nur einen kleinen Ruck gebraucht hast. Ich freue mich umso mehr, dass es offensichtlich auch mich dabei bedacht hat!«, zwinkert er mir zu.

»Wie meinst du das?« Schüchtern lächle ich ihn an.

»Na ja, du gefällst mir, schon unser erstes Telefonat war besonders, und du bist es sowieso!« Das sitzt. Ich spüre, wie meine Wangen rot anlaufen, und für einen kurzen Moment überlege ich, mich erneut auf die Toilette zu entschuldigen.

»Hast du Lust, noch etwas zu unternehmen, oder triffst du heute noch deine Gastfamilie?«, fragt Brady nun.

»Ich bin frei für dich!«, sage ich und ärgere mich umgehend über meine Wortwahl.

»Jetzt bist du süß!«, stichelt Brady und bestellt die Rechnung. »Worauf hast du Lust? Action oder Entspannung?«, fragt er mich, als wir zurück zum Parkplatz laufen.

Für einen kurzen Moment überlege ich. »Ehrlich gesagt, wenn du mich so fragst, Action!«, antworte ich auffordernd, gespannt, was er zu sagen hat, aber er befiehlt mir lediglich mit einer lässigen Kopfbewegung, aufzusteigen, und wir düsen los. Wir halten an einem Bootsverleih in Neptune Beach und wenig später kommt Brady mit zwei Paddeln und einem Stand Up Paddle-Board unter dem Arm zurück.

»Ich habe uns das reserviert, lass uns ein paar Strandsachen aus deinem Zimmer holen!«

Schnell flitzen wir zurück ins Sea Turtle und ziehen uns um. Ich schnappe meinen Bikini und verschwinde im Badezimmer, während er mit seinem Rucksack im Zimmer bleibt.

»Fertig«, ruft er, als ich gerade meine Haare zu einem Pferdeschwanz zusammenbinde. Ich schnappe zwei Handtücher und stolpere beim Türöffnen direkt auf ihn zu. Ich hatte in der Eile vergessen, meine Schuhe auf die Seite zu räumen. Nun hänge ich schräg in seinem Arm, mit meinem Gesicht an seinem nackten Oberkörper. Mein Bikiniträger klemmt zwischen seinen Fingern, die meinen Rücken halten. Verlegen lächle ich zu ihm nach oben und würde am liebsten im Boden versinken.

»Na, dann hoffe ich, dass du auf dem Wasser besser die Balance halten kannst, sonst ist der erste Bauchplatscher schon vorprogrammiert!«

»Keine Sorge, ich lebe in London und verbringe meine Tage normalerweise am Schreibtisch, ich bin Vollprofi auf dem Board!«, kontere ich und bereue bereits, mir Action gewünscht zu haben.

Der Wellengang ist leicht und bevor wir aufs Brett steigen, erfrische ich mich in den Wogen, die den Sand umspülen. Das Wasser tut gut. Brady sitzt bereits mit beiden Beinen im Wasser hängend auf dem Stand Up Paddle-Board und wartet auf mich. Mit einem Schwung ziehe ich mich zu ihm hoch aufs Brett und mache es mir vor ihm bequem. Ein Stück weit paddeln wir im Sitzen raus, dann wagen wir es, uns aufzustellen. Es dauert nicht lange, da liege ich auch schon im Wasser. Brady erwischt es direkt nach mir und somit krabbeln, schwimmen und paddeln wir uns für die nächsten anderthalb Stunden quer durchs Meer. Erschöpft kommen wir auf dem Brett zur Ruhe und setzen uns nebeneinander.

»Da ist das Sea Turtle!«, zeige ich ihm verträumt, »und da Al's Pizza!«

Mir gefällt es, wie sich Neptune und Atlantic Beach in der Mitte treffen und gemeinsam ein kleines Stadtzentrum bilden. Am Ende münden beide in einen runden Marktplatz, welcher direkt an den Strand führt.

»Es ist einfach immer wieder schön hier!«, seufze ich.

»Wenn du möchtest, zeige ich dir noch mehr schöne Plätze hier!«, schlägt Brady mir vor.

»Aber musst du denn gar nicht zurück? Du hast es weit!«

»Nein, alles gut, ich bleibe heute Nacht bei Cory, du weißt schon, dem Fahrradkurier!«

Ich muss lachen. »Das war übrigens eine wirklich schöne Überraschung von dir!«

Als hätte er nichts mit der Sache zu tun, hebt er die Hände und schaut mir mit seinem strahlenden Lächeln in die Augen.

»Ich wollte dich irgendwie besonders behandeln, du bist besonders, dafür gibt es auch etwas Besonderes!«

»Blablaba, das sagst du bestimmt zu jeder!«

Entrüstet schaut mich Brady an. »Nein, ganz ehrlich, Heather, ich habe vom ersten Moment an gespürt, dass da eine besondere Verbindung zwischen uns ist, und es fühlt sich an, als würden wir uns schon lange kennen und uns endlich wiedersehen!«

Seine Worte berühren mich. »Mir geht es erstaunlicherweise genauso.« Ich überlege, ob ich ihm von meinem Traum berichten soll. Als würde er es spüren, erwähnt er in diesem Moment Marie wieder.

»Hey, wollen wir zurück und uns frisch machen und du zeigst mir Grandmas Gemälde? Du hast ja schon überall Gänsehaut!«, verstohlen tippt er mir auf die unzähligen Gänsehautpünktchen am Arm und ich stimme seinem Vorschlag zu.

Zurück im Hotelzimmer herrscht prickelnde Stimmung. Der Gedanke an das Gefühl von Bradys warmem Oberkörper an meinem Gesicht, als ich vorhin aus dem Bad gestolpert war, der Anblick seines nassen Körpers auf dem SUP, die Vorstellung seines nackten Körpers in meiner Dusche ... Es fällt mir sehr schwer, meine Fantasien zu zügeln. Der Versuch, die Situation lässig zu überspielen, gelingt mir nicht, und ich komme nicht umhin, mit meiner Hand über seine muskulöse Brust zu streichen. Erschrocken über mich selbst, trete ich einen Schritt zurück und verschwinde im Bad.

»Ich beeile mich!«, rufe ich schnell, um die Anspannung zu lockern, und realisiere zugleich, dass dieses Versprechen falsche Hoffnungen wecken könnte. Mist, was, wenn er nun nackt auf dem Bett liegend auf mich wartet, wenn ich gleich aus der Dusche komme? Blöderweise hatte ich mir in all meiner Nervosität auch keine frische Kleidung - geschweige denn Unterwäsche - mit ins Bad genommen und trete nur in mein Handtuch gewickelt in den Raum. Brady liegt tatsächlich auf dem Bett, aber auf dem Bauch und telefoniert. Auch er trägt nur sein Handtuch vom Strand um seinen Po gewickelt und es fällt mir schwer, mich nicht direkt neben ihn zu legen. Er muss mich nicht gehört haben, denn er spricht weiter, ohne sich umzudrehen.

»Ich weiß, dass das mies von mir ist, Ally, aber was sollen wir tun? Fakt ist, ich bin jetzt in Jax und du auf Tybee und ich hab's verbockt! Natürlich würde ich mir die Situation jetzt auch gerne anders wünschen, erst recht für dich, aber ich kann jetzt wirklich nicht hier weg!«

Erschrocken lausche ich weiter dem Gespräch.

»Na ja, es ist, wie es ist, ich wollte nie eine Fernbeziehung, aber man kann nicht alles haben.«

Allmählich werde ich wirklich stutzig. Wer ist bitte diese Ally, und warum spricht er mit ihr über eine Fernbeziehung? Ich spüre, wie langsam ein Kloß in meinem Hals entsteht. Ich wusste, die ganze Sache hat einen Haken. Es wäre auch wirklich zu schön und zu einfach gewesen! Der Anblick seines braungebrannten, muskulösen Körpers, der mich schon den ganzen Nachmittag über dahinschmelzen lässt, beginnt mir kleine Stiche in der Magengegend zu verpassen. Als hätte ich von alldem nichts mitbekommen, bewege ich mich nun auffällig im Raum und suche in meiner Tasche nach

Kleidung. Jetzt bemerkt mich Brady und beendet das Gespräch.

»Okay, ich melde mich morgen bei dir, aber für heute Abend tut es mir echt wahnsinnig leid!«, meint Brady. Unbeirrt schnappt er sich nun eine Boxershorts und springt unter die Dusche. Die Tür lässt er dabei nur angelehnt. Sprachlos wähle ich Stephs Nummer, erreiche diesmal aber nur die Mailbox. Wütend tippe ich in die Tasten.

Er hat eine Freundin! Kannst du dir sowas vorstellen? Er lag auf MEINEM Bett, als ich eben aus der Dusche kam, und hat mit IHR telefoniert. Er hat mich nicht bemerkt. Ich bin wirklich sprachlos!
Wäre ja auch wirklich ein Wunder gewesen …

Als Brady wenig später gut gelaunt aus der Dusche kommt, fällt es mir schwer, mich zusammenzureißen. Er fragt nach dem Gemälde von Marie und ich ziehe lieblos das große Papierbündel aus meiner Tasche hervor, in das ich es für den Transport gewickelt habe. Es macht mich unendlich traurig, dass all dies nun eine schnelle Geschichte bleiben soll. Eine Geschichte, die nicht einmal erzählt werden möchte, da sie sich im Nichts auflöst. Wie konnte ich so naiv sein und auf dieses charmante Gelaber und Getue hereinfallen? Die Männer waren doch wirklich alle gleich, offensichtlich nicht nur in London, nein, selbst hier, Tausende von Kilometern entfernt, in Florida.

Brady spürt, dass etwas in der Luft liegt, und schiebt das Papier zur Seite. »Heather? Alles in Ordnung bei dir? Du bist wie ausgewechselt!«

Genau in diesem Moment blinkt Stephs Antwort auf meinem Display auf.

Er hat was? Das darf nicht wahr sein ☹

Ich habe doch gleich gespürt, dass die Sache einen Haken haben muss!

Ruf dich später an, okay?

Nein, alles gut, bitte genieß die Hochzeit, wir reden morgen, ich schaff das schon! xoxo

Okay, aber melde dich, wenn du mich doch brauchst, okay? xoxo

Auf eine Antwort wartend, schaut Brady mich an.

»Also?«

»Also was?«, frage ich und ärgere mich, dass alles so kommen musste. Es hatte alles so vielversprechend angefangen. Für einen Moment habe ich Zweifel an meinen Anschuldigungen, weil er so zuckersüß auf meiner Bettkante sitzt und auf meine Antwort wartet. Aber nein! Ich habe es doch gerade eben selbst gehört, ermahne ich mich zur Vernunft. Nur weil ich mal das Glück habe, einen heißen Typen zu daten, der vorgibt, sich wirklich für mich zu interessieren, muss ich nicht gleich all meine Prinzipien über Bord werfen und mit einem Mann anbandeln, der in einer Beziehung steckt und offensichtlich gerne betrügt.

»Ja, es ist alles gut!«, schwindle ich, um einer Diskussion zu entkommen. »Mir setzt nur gerade die Sonne vom Nachmittag zu, ehrlich gesagt glaube ich, ich habe einen kleinen Sonnenstich abbekommen!«

Überzeugt von meinen Schauspielkünsten lasse ich mich auf den Sessel plumpsen und fasse mir an den Kopf. Ich gebe vor, in meinem Handy nach entsprechenden Symptomen zu googeln, und tippe noch eine Nachricht an Steph.

Habe alles im Griff. Ich täusche gerade einen Sonnenstich vor, sobald er aus dem Zimmer ist, lösche ich seine Nummer und streiche ihn aus meinem Gedächtnis!

»Und, was sagt Dr. Google?«, fragt Brady, offenbar noch immer in der Hoffnung, dass ich weiter auf seine Spielchen hereinfalle.

»Ja, es spricht alles dafür, sei mir bitte nicht böse, aber ich wäre jetzt lieber allein!«

»Im Ernst?« Brady blickt mich ungläubig an. »Komm schon, Heather, irgendwas stimmt hier nicht! Ich habe dir nicht zum Spaß gesagt, dass ich das Gefühl habe, dich ewig zu kennen, aber seit du aus dem Bad gekommen bist, bist du wie ausgewechselt, denkst du echt, ich checke nicht, dass du mir hier gerade etwas vorspielst?«

Okay, die Hoffnung, um eine Diskussion herumkommen zu können, zerplatzt gerade wie eine Seifenblase. Genau genommen zerplatzt die ganze Brady-Traumblase, und obwohl wir uns erst vor ein paar Tagen begegnet sind, spüre ich, wie sich dicke Tränen der Enttäuschung in meinen Augen bilden. Wütend wische ich mir den ersten Tropfen, der es schafft, sich seinen Weg aus meinem Auge zu bahnen, mit dem Handrücken weg und erkläre Brady, dass ich das Telefonat zufällig mitbekommen habe und nicht gewillt bin, hier nur für ein schnelles Wochenendabenteuer abseits seiner Heimatstadt herzuhalten. Gespannt darauf, wie er sich aus der Situation winden wird, baue ich mich mit verschränkten Armen vor ihm auf, aber Brady schüttelt nur den Kopf.

»Okay, alles klar. Ich kann mir schon vorstellen, dass du als Chefsekretärin bisher alles perfekt unter Kontrolle haben musstest, aber ich dachte, diesen Abschnitt wolltest du hinter dir lassen?!«

»Ach, und deshalb soll ich mich einfach von dir für blöd verkaufen lassen?«

»Ich dich für blöd verkaufen? Wie kommst du denn auf so einen Quatsch?! Wer kommt denn zum zweiten Mal in nur einer Woche von Savannah hierhergefahren, nur um Zeit mit dir zu verbringen? Bevor du Scotland Yard spielst, hättest du mich auch einfach mal fragen können, wer Ally ist, dann hätten sich einige Dinge von selbst geklärt, aber nein, du bevorzugst es offensichtlich, Träume zu zerstören, bevor sie überhaupt Realität werden können!« Wütend schnappt sich Brady seinen Rucksack und geht zur Tür. »Ich dachte wirklich, es grenzt an ein Wunder, dass wir uns begegnet sind, aber vielleicht bin ich hier derjenige von uns beiden, der zu verträumt ist, denn mit dir geht ja offenbar die Fantasie durch!«

Das sitzt. Sekunden später höre ich das Aufheulen seines Motorrads - und weg ist er. Draußen dämmert es inzwischen und das Fenster wirft mir vorwurfsvoll mein Spiegelbild entgegen. Wahrscheinlich hat er recht und du bist in deinem Tagebuch besser aufgehoben als in der Realität, denke ich.

Zerplatzte Träume

Suchend laufe ich durch einen Palmengarten. Ich bin barfuß und mir ist kalt. Plötzlich stehe ich in einem Labyrinth. Ich gehe in alle Richtungen, aber finde keinen Ausweg. Ein helles Licht am Ende zeigt mir den Weg und plötzlich stehe ich vor dem Ananas-Bungalow. Ich will nach der Tür greifen, aber bekomme sie nicht zu fassen. Wie durch einen Windhauch löst sich die Szenerie vor mir auf und ich irre wieder durch das Labyrinth. Verschwitzt wache ich auf und taste nach dem Handy.

3:07 Uhr. Ich muss eingeschlafen sein. Noch mit dem Handtuch um meinen Körper gewickelt, liege ich über der Tagesdecke auf meinem Bett, und auch das kleine Licht am Sessel brennt. Die Stimmung ist gruselig und der Traum war es auch. Ich reibe mir die Augen und setze mich in meinem Bett auf. Es dauert nicht lange, ehe die Erinnerung an den gestrigen Abend zurückkommt. Der Name Ally, Bradys traurige Augen, sein wütender

Abzug. Ich habe alles vermasselt. Erneut spüre ich Tränen der Enttäuschung in mir aufsteigen. Ans wieder Einschlafen ist jetzt so schnell nicht zu denken. Ich beschließe, mich kurz abzuduschen, um auf klare Gedanken zu kommen, und nehme mir ein kühles Wasser aus der Minibar. Anschließend schicke ich Steph eine Sprachnachricht und rufe meine Mutter an.

»Heather, Schatz, warum bist du denn noch wach, ist alles okay bei dir? Dein Vater und ich wollten gerade ins Bett gehen!«

»Okay, Mom, sorry, ich will nicht stören, ich bin nur eben aufgewacht, und da es bei euch erst 22:30 Uhr ist, dachte ich, ich könnte mich mal melden!«, flunkere ich. Der Gedanke daran, wie schön es sein muss, auch nach so vielen Jahren noch mit ein und derselben Person neben sich einzuschlafen, treibt mir schon wieder Tränen in die Augen.

»Warte, Heather, so viel Zeit muss sein, was liegt dir auf dem Herzen? Du rufst doch sonst nicht um diese Uhrzeit an, und außerdem haben wir erst vorgestern ausführlich gesprochen!«

Sie hat recht. Ich lasse meinen Tränen freien Lauf und erzähle ihr von dem wunderschönen Wiedersehen mit Brady, unseren vertrauten

Gesprächen, unserem gemeinsamen Nachmittag auf dem Wasser und dem abrupten Ende.

»Was soll ich denn jetzt bloß machen?«, frage ich verzweifelt und wünsche mich für einen Moment in mein Kinderzimmer und leichtere Probleme zurück. Ich erinnere mich zum Beispiel daran, als ich meiner Barbie die Haare geschnitten hatte und diese am nächsten Morgen noch nicht nachgewachsen waren, oder dass mein Bruder stets seine abgespülte Zahnbürste über meinem Kopf abschüttelte.

»Entschuldige dich und sei einfach du selbst!«, unterbricht sie mein Kopfkino.

»Wie meinst du das?«

»Nun ja, sei du selbst - und höre auf deine Intuition. Hege kein Misstrauen, suche keine Gründe, höre einfach auf dein Bauchgefühl und entschuldige dich für dein Verhalten. Wenn er dich wirklich mag, dann wird er für ein klärendes Gespräch zu haben sein!«

»So einfach, meinst du?«

»So einfach, mein Schatz!« Wir schicken uns einen Gutenachtkuss durch das Telefon.

Kurze Zeit später blinkt eine E-Mail von meiner Mutter auf dem Display auf.

Heather, ich bin stolz darauf, was du in den letzten Tagen erreicht hast.

Ich war immer stolz auf dich, aber als Mutter ist es sehr schön für mich zu sehen, dass du endlich anfängst zu leben!
Das Leben besteht aus vielen kleinen Augenblicken und alle wollen gelebt werden. Es war höchste Zeit für dich, einen neuen Kurs einzuschlagen, und es ist auch klar, dass es ein klein wenig dauert, bis du dir auf deinem neuen Weg vertraust, aber suche keinen Haken, wo es keinen gibt, und vertraue auf dein Bauchgefühl! Ich weiß, du schaffst das! Das Leben ist zu kurz, um immer nur aufs Wochenende zu warten (allein!)!
Ich drück dir die Daumen für ein gutes Gespräch.
Kuss, Mama

Gerührt lese ich ihre Zeilen und verstehe nun, warum sie neulich bei unserem Telefonat trotz all meiner Erzählungen so ruhig geblieben war. Ich war wohl offensichtlich sehr verbissen und unnahbar geworden über die letzten Jahre hinweg. Am liebsten möchte ich Brady direkt anrufen, aber ein wenig muss ich mich gedulden und schlafe nach ein paar tiefen Atemzügen tatsächlich noch mal ein. Ein lauter Müllwagen auf dem Parkplatz vor meinem Zimmer reißt mich aus dem Schlaf. Die Uhr auf meinem Handy zeigt 9:08 Uhr und mein erster Gedanke gilt Brady. Ob er wohl trotzdem bei Cory geschlafen hat? Wer ist nur diese Ally, und warum spricht er mit ihr über eine Fernbeziehung? Ohne lange zu zögern, wähle ich Bradys Nummer, um endlich ein klärendes Gespräch zu führen, aber zu meiner Enttäuschung erreicht mich nur die Durchsage, dass der Teilnehmer nicht erreichbar ist. Mist. Er fühlt sich noch viel weiter weg an als je zuvor. Verloren irgendwie. Ungelenk starte ich in den Tag. Nichts will so richtig rund laufen, aber ich spüre, es sind meine kreisenden Gedanken, die mich nicht loslassen. Ich ärgere mich, dass ich einfach gemutmaßt und Brady in ein anderes Licht gestellt hatte. Ohne Steph an meiner Seite ist dieses Tagebuchleben so viel schwerer. Aber mein tägliches Leben findet nun mal ohne Steph statt, wie ist das alles zu bewältigen? Unruhig scrolle ich durch meinen WhatsApp-Verlauf, als ließe sich dadurch die Nähe zu Brady herstellen. Hätte ich vielleicht doch nicht kündigen sollen? Waren meine Entscheidungen zu naiv - zu impulsiv - gewesen? Werde ich jemals eine neue Arbeit finden?

Frustriert versuche ich es erneut auf Stephs Handy. Bereits vor dem ersten Klingeln nimmt sie ab. »Heather, du glaubst es nicht, ich habe gerade zum Telefon gegriffen, um dich anzurufen!«, empfängt sie mich euphorisch. Ihre Stimme tut gut, ich fühle mich gleich weniger allein, und dennoch beginne ich sofort zu schluchzen.

»Heather, Süße, beruhige dich! Hör zu, ich habe mir alles in Ruhe angehört. Ich habe da einen Plan!«

»Aber ein Plan bringt mir nichts!«, unterbreche ich sie. »Er hat sein Handy aus, und außerdem wollte ich doch keine Pläne mehr haben. Mir hat mein neues Leben so sehr gefallen – und jetzt sitze ich nach nur einer Woche arbeitslos in Trümmern!«

Steph lacht laut los. »Du bist witzig! Jetzt beruhige dich erstmal. Du hast alles richtig gemacht und du sitzt jetzt nicht in Trümmern. Im Gegenteil: Dir liegt die Welt zu Füßen, klar macht das Angst! Jeder neue Weg ist schwer, was denkst du?! Meinst du, mir fiel es damals immer leicht, nach meiner Verletzung andere, neue Entscheidungen zu treffen? Gerade hier zeigt es sich, ob du bereit bist für einen Neuanfang und ob du es wirklich willst! Fake it until you make it, du musst nur an dich glauben!«

Sprachlos schüttle ich den Kopf. »Schon wieder so viel Klarheit in deinen Worten!«, stoße ich ein wenig erleichtert hervor.

»Du hast nach deinem Bauchgefühl entschieden, und ja, das birgt gewisse Risiken, man kann nie immer alles wissen, aber gerade das macht es doch so besonders!«, motiviert sie mich weiter.

Besonders, durchfährt mich ihre Wortwahl, genau so hatte mich Brady gestern auch beschrieben. »Danke, Steph!«, flüstere ich und wische mir die Tränen aus dem Gesicht. »Und was soll ich jetzt mit Brady machen? Mein Bauchgefühl will ja alles klären, aber was, wenn er sein Handy nie wieder einschaltet?«

»Ja, genau, oder sich einfach in Luft aufgelöst hat!«, fügt sie zynisch hinzu. »Hör zu, Heather, stell dich nicht so an. DU bist doch die Perfektionistin im Probleme lösen als ehemalige Chefsekretärin. Du rufst jetzt zuerst bei Gregory im Visitor-Center an und fragst ihn, ob er Brady gesehen hat!«

Mein Gemüt erhellt sich umgehend. »Steph, du bist die Beste! Warum bin ich nicht selbst darauf gekommen?«

»Weil du dich schon wieder tief in deinem Kopf verirrt hast, anstatt klar zu denken. Du willst Brady doch wiedersehen, da hilft es nicht, nach hinten zu schauen, da steht er nicht, also los mit dir!«

Besonders

Aufgeregt lege ich auf und klicke mich umgehend durch die Besucherseite des Visitor-Centers in Tybee Island. Wenige Augenblicke später strahlt mir auch schon Gregorys Porträt entgegen und darunter seine Kontaktdaten als Ansprechpartner für den Ananas-Bungalow. Schnell tippe ich die Nummer ins Handy und warte gespannt.

»Einen wunderschönen guten Morgen an diesem sonnigen Samstag wünscht Ihnen Gregory aus dem Visitor-Center der Gemeinde Tybee Island. Was kann ich für Sie tun?«

Leicht überfordert von all der Freundlichkeit stammle ich ins Telefon. »Ähm, hi, Gregory, hier spricht Heather, vielleicht erinnern Sie sich an mich …?«

»Heather! Die Dame mit dem Gemälde, aber natürlich erinnere ich mich an Sie, wie könnte ich dieses wundersame Ereignis je vergessen! Was kann ich für Sie tun?«, fällt er mir umgehend ins Wort.

»Oh, ja?«, räuspere ich mich vorsichtig. Ich verspüre den Drang, einfach aufzulegen und unsichtbar zu werden, aber ich gebe mir einen Ruck und frage ihn, ob er zufällig etwas von Brady gehört habe.

»Brady? Aber der wollte doch zu Ihnen dieses Wochenende?«

»Das hat er Ihnen so gesagt?«, frage ich neugierig.

»Nicht direkt, aber nachdem er Ihren Brief auf dem Grab von Marie Stewart gefunden hatte, kam er hierher und wollte wissen, ob ich weiß, wer Sie sind. Entschuldigen Sie bitte, aber ich konnte ihm die Geschichte mit dem Gemälde beim besten Willen nicht vorenthalten, ich hoffe, Sie verzeihen mir. Auf jeden Fall bat er mich um Ihre Kontaktdaten und murmelte so etwas in der Art, dass er diese Frau unbedingt kennenlernen müsste. Als er sich dann am Freitag für das Wochenende bei mir abmeldete und mir sagte, ich könne im Notfall Ally kontaktieren, schloss ich daraus, dass er sicher zu Ihnen fahren würde!«

Seine Worte versetzen mir einen kleinen Stich in die Magengegend. Einerseits schmeichelt es mir unwahrscheinlich, dass Brady solch einen Drang verspürte, mich wirklich kennenlernen zu wollen, andererseits nagt die

Enttäuschung über den tatsächlichen Verlauf unseres Freitagabends an mir. Ich schäme mich, dass ich es geschafft habe, solch eine Knospe noch vor dem Aufblühen im Keim zu ersticken.

»Sind Sie noch dran?« Gregorys Worte reißen mich aus meinen Gedanken.

»Ja, klar, entschuldigen Sie. Es ist nur so, es gab ein kleines … Problem … Und ich kann Brady nicht erreichen. Ich hatte deshalb gehofft, dass Sie vielleicht wissen, wo … Aber es ist auch nicht so wichtig!«, lenke ich schnell wieder vom Thema ab. Schließlich kenne ich Gregory nicht, da kann ich ihm unmöglich direkt mein ganzes Privatleben anvertrauen.

»Das tut mir sehr leid«, erwidert Gregory und bemüht sich umgehend darum, die passenden Worte zu finden. »Aber Probleme sind ja Gott sei Dank dazu da, damit sie gelöst werden, wenn euch beide das Schicksal über solch einen Weg zusammengeführt hat, dann ist dieses Problemchen doch bestimmt ein Klacks!«

Für einen Moment fasse ich mir an die Schläfen und schließe meine Augen. Das Universum, hallen Gregorys Worte in mir nach. Mein Traum im Bungalow, der sich exakt mit Maries Traum aus Bradys Erzählungen deckt, und mein erneuter Traum vergangene Nacht im Ananas-Bungalow, auf der Suche nach … Ich stocke. Ein Blitz durchfährt mich.

»Gregory, ist der Bungalow gerade vermietet?«, frage ich eilig.

»Nein, Liebes, Brady hatte mich vor ein paar Wochen darum gebeten, es für dieses Wochenende als geschlossen zu melden, da dringend ein paar Instandhaltungsarbeiten gemacht werden sollten.«

»Aber er wollte doch dann dieses Wochenende wegfahren und hatte sich bei Ihnen entschuldigt?«, frage ich durcheinander.

»Darum wusste ich ja, dass es ihm ernst sein muss mit Ihnen. Er würde seine Pläne rund um Maries Nachlass normalerweise nie über Bord werfen. Er hatte sogar extra Ally einbestellt!«

»Und wer ist diese Ally?«, frage ich, in der Hoffnung, nun endlich Klarheit in diese verzwickte Sache zu bekommen.

»Ally? Ach, das ist Alistair, sein bester Kumpel aus Kindheitstagen. Sie sind wie Pech und Schwefel. Sie streiten und lieben sich, aber egal, was auch geschieht, sie sind immer füreinander da. Alistair ist handwerklich sehr begabt und geht Brady stets zur Hand, wenn er Hilfe rund um den Bungalow braucht. Gestern stand er dann plötzlich da, wie bestellt und nicht abgeholt, und suchte Brady, er wollte ihn dann anrufen …«

»Haben Sie vielen Dank, Gregory, dann weiß ich jetzt Bescheid!«, bedanke ich mich höflich und beende das Gespräch. Plötzlich habe ich es eilig. Ich springe unter die Dusche und mache mich fertig. Ohne lange darüber nachzudenken, schlüpfe ich in meine Lieblingsshorts, ein Top und meine Sneaker, schnappe meinen Rucksack und laufe zur Rezeption.

»Entschuldigen Sie, gibt es hier eine Art Carsharing oder Mietwagenstation in der Nähe? Ich muss dringend nach Tybee Island in Georgia!«

Die Dame an der Rezeption tippt auf ihrer Tastatur und wenig später sitze ich in einem Mietwagen auf dem Weg nach Norden. Die Fahrt vergeht wie im Flug, und die ganze Zeit über tauchen Bilder aus meinem Traum wie kleine Videosequenzen in meinen Kopf auf.

Als ich am frühen Nachmittag das Ortsschild von Tybee Island passiere, spüre ich meinen Puls deutlich ansteigen. Was, wenn er nicht mit mir sprechen möchte? Was, wenn er gar nicht da ist? In diesem Moment klingelt mein Handy. Es ist Steph.

»Steph?«, rufe ich aufgeregt in den Hörer.

»Heather? Wo steckst du? Du wirkst ganz außer Atem!«

»Ich bin auf Tybee!«

»Auf Tybee?«, entgegnet Steph erstaunt. »Was machst du dort? Hast du etwa schon mit Brady gesprochen?«

»Ehrlich gesagt weiß ich noch nicht genau, was ich hier mache, ich bin einfach meinem Bauchgefühl gefolgt, ganz so, wie du es mir immer sagst, Kopf aus und nach vorne!«, antworte ich ihr. Ich berichte Steph von meinem Telefonat mit Gregory und meinen suchenden Träumen.

»Aber du träumst ja exakt denselben Traum, den Marie hatte, wenn ich mich richtig an Bradys Erzählungen erinnere!«, stößt sie fassungslos hervor.

»Ich weiß! Ich konnte es selbst kaum glauben, aber als es letzte Nacht wieder passiert ist und auch Gregory vom Universum sprach, traf es mich wie der Blitz. Alles ergibt Sinn, ich musste einfach sofort los!«

»Ich bin stolz auf dich, Heather, und gespannt wie ein Flitzebogen!«, fügt sie lachend hinzu. »Dann lass dich nicht aufhalten, ich wünsche dir, dass du findest, wonach du in deinen Träumen suchst!« Wir legen auf und ich kann es nun kaum mehr erwarten, meine Reifen auf der Einfahrt des Ananas-Bungalows zum Stehen zu bringen. Bei wunderschöner Nachmittagssonne und unter wehenden Palmenzweigen empfängt er mich und erstrahlt in seiner Umgebung noch prächtiger als ein paar Tage zuvor. Ich nehme einige tiefe Atemzüge, ehe ich den Schlüssel abziehe und aussteige. Langsam gehe ich über den Sand in Richtung der Stufen, nehme eine nach der anderen und genieße dabei den Anblick der feinen Sandverwehungen, die sich darauf angesammelt haben. Ja, so fühlen sich meine Träume an … Ich schließe meine Augen und komme vor der Tür zum Stehen. Theoretisch könnte ich die Tür ja einfach öffnen, indem ich dreimal kurz und einmal lang klingle - ich erinnere mich nur zu gut an Gregorys geheimen Code -, aber eine Stimme in mir mahnt mich zur Vorsicht. Nun liegt es an Brady, beruhige ich mich, die letzten Schritte muss er nun auf mich zugehen!

Vorsichtig hebe ich meine Hand, um an der Tür zu klopfen, doch ein Rascheln neben dem Haus holt mich in die Realität zurück. Ruckartig schaue ich in die Richtung, aus der das Geräusch gekommen war, und sehe einen Mann. Er zieht gerade einen Gartenschlauch aus dem kleinen Palmenwäldchen neben dem Bungalow und muss ungefähr in Bradys Alter sein.

»Ally?«, frage ich, erschrocken über mich selbst, und beiße sogleich auf meine Unterlippe.

»Dann musst du Heather sein?«, fragt er mit einem Blick auf meinen Mietwagen und kommt auf mich zu. Mit einem herzlichen Lächeln streckt er mir seine Hand entgegen.

»Woher weißt du das?«, frage ich verdutzt.

»Also, zum einen klebt auf deinem Mietwagen ein unübersehbarer Aufkleber mit den Worten Car Rental Atlantic Beach, und zum anderen wüsste ich nicht, welche junge Dame sonst ausgerechnet jetzt hier auftauchen sollte, wenn nicht eine gewisse Heather!«, antwortet er in einem geheimnisvollen Unterton. Beschämt über die Offensichtlichkeit meiner Herkunft durch meinen Autoaufkleber lächle ich, seine zweite Aussage aber macht mich stutzig.

»Und warum hast du vermutet, dass hier eine junge Dame namens Heather auftauchen würde?«

»Ach, nur so ein Gefühl!«, sagt er und winkt ab.

Brady und er müssen über mich gesprochen haben. Ich versuche, mir vorzustellen, was genau er wohl alles von unserem Zusammentreffen weiß, aber meine Aufregung macht mir einen Strich durch die Rechnung.

»Nun, wenn du schon alles weißt, dann kannst du mir bestimmt auch sagen, wo ich Brady finden kann. Ist er denn auch hier?«, frage ich, bemüht darum, meine Nervosität zu überspielen.

»Du bist an den Richtigen geraten«, erwidert er mit einem filmreifen Augenzwinkern. »Ich weiß es und du hast Glück, denn ich werde es dir auch verraten!«, fügt er hinzu und mein Herzschlag erhöht sich unmittelbar. Okay, er ist wohl auch so ein humorvoller Charakter wie Brady, schmunzle ich und denke dabei an unser geflüstertes Telefonat in St. Augustine zurück.

»Danke, Witzbold!«, stoße ich mit Erleichterung hervor und kann es kaum erwarten, Brady endlich wiederzusehen und mich bei ihm zu entschuldigen.

»Ehrlich gesagt ist er gerade im Baumarkt, um ein paar Sachen zu holen, aber er sollte gleich zurück sein. Am besten, du wartest hier für einen Moment!«, sagt er und macht eine Handbewegung in Richtung der hölzernen Hollywoodschaukel, die sich sanft im Wind bewegt.

»Ich mach dann hier mal weiter, bis später!«, ruft er mir mit einem Handzeichen zu und verschwindet wieder hinter den Palmen. Angespannt setze ich mich in die Schaukel. Der Gedanke daran, dass Brady tatsächlich in der Nähe ist, steigert mein Herzklopfen ins Unermessliche. Nervös tippe ich immer wieder abwechselnd mit meinen Schuhspitzen auf den Boden. Mein Handy blinkt auf.

Und? Gibt es schon was Neues? Hast du ihn auf Tybee getroffen?

Die Nachricht ist natürlich von Steph.

Sitze auf der Hollywoodschaukel vor dem Haus und warte auf ihn. Er ist wohl im Baumarkt.

Im Baumarkt? Ich hätte nach so einer Situation keine Lust auf Baumarkt … Männer!
Woher weißt du das?

Sein Freund Ally ist hier. Er hat mich als Heather erkannt und gesagt, ich soll hier warten.

Hihi, lustig. Okay, viel Glück fürs Gespräch!

Danke! Ich wünschte, du wärst gerade auch hier!

Bin in Gedanken bei dir! ☺

»Hey!«, ertönt wie aus dem Nichts plötzlich Bradys Stimme und ihr Klang fährt mir bis ins Mark. Erschrocken drehe ich mich um. Ich hatte gar keine Autogeräusche vernommen. Barfuß und nur mit lässigen Shorts und einem weißen T-Shirt bekleidet, steht er nun mit seinen wuscheligen Haaren vor den Stufen der Veranda und schaut mich an.

»Von welcher Seite hast du dich denn angeschlichen?«, frage ich überrascht.

Er scheint meine Nervosität zu bemerken und deutet schnell mit einer Kopfbewegung auf ein Fahrrad, das jetzt vor meinem Auto lehnt. »Ich bin mit dem Fahrrad unterwegs und bin von da gekommen!«, weist er mit seinem Arm in die entsprechende Richtung.

»Da ist ein Baumarkt? Ich dachte, da geht's nur zu dieser kleinen Bucht?«, frage ich verwirrt, und mein Blick verliert sich auf seinem Körper. Diese wohlgeformten Arme, diese samtige, sonnengeküsste Haut, der Gedanke an seine warmen Hände auf dem Motorrad, die sich über meine legen … Ich bemühe mich, meine Fassung zu wahren und mich wieder auf unser Gespräch zu konzentrieren.

»Aber ist ja auch egal, wo der Baumarkt ist! Hör zu!«, räuspere ich mich und stehe vorsichtig von der Schaukel auf. »Bevor du dich wunderst, warum ich hier bin, ich möchte gleich zum Punkt kommen …«

»Oha, das klingt nach einem Plan!«, sagt er schmunzelnd.

»Nun ja, nicht ganz, nennen wir es Impuls«, gebe ich ihm mit einer selbstbewussten Kopfbewegung zu verstehen. »Ich bin meinem Impuls gefolgt!«

»Ja, das kannst du offenbar sehr gut, wie ich zumindest gestern feststellen durfte«, stichelt er mit einem vorwurfsvollen Blick, »aber du hast Glück, normalerweise stehe ich auf Impulse …«

Schon der zweite Mann, der mir binnen fünfzehn Minuten sagt, dass ich Glück habe. So ein eingebildeter Männerhaufen, durchfährt es mich.

»Weißt du, du hast aber auch Glück, dass ich jetzt hier bin, denn dein Telefon ist aus! Und hätte ich diesen Impuls nicht gehabt, wäre ich jetzt nicht hier und wir könnten nicht sprechen!«, kontere ich selbstsicher.

Einen Moment lang schaut mich Brady nachdenklich an. Die Sekunden fühlen sich an wie Stunden.

»Also, ich meine, sofern du überhaupt mit mir sprechen möchtest!«, füge ich nun etwas kleinlaut hinzu.

»Ich möchte, also schieß los!«, fordert er mich jetzt auf, »aber ich hoffe, dass ich bei unserem Gespräch auch wirklich von Glück sprechen kann und dein Impuls ein positiver war!«, lächelt er mich verschmitzt an. Herausfordernd schaut er mir in die Augen und rührt sich nicht von der Stelle. Langsam gehe ich einen Schritt auf ihn zu. Nach einem tiefen Seufzer lege ich los.

»Ich bin hergekommen, weil ich mich bei dir entschuldigen möchte - und zwar aufrichtig!«, sage ich und zwinge mich dabei, seinem Blick standzuhalten. »Es tut mir wirklich leid, wie ich mich gestern verhalten habe. Ich könnte jetzt eine Rechtfertigung vorbringen und eine lange Erklärung, aber darum geht es mir nicht. Mir ist es wichtig, dir zu sagen, dass mein Verhalten echt nicht okay war und es mir leidtut!« So, jetzt ist es raus. Erleichtert und auch etwas stolz auf meinen Mut warte ich auf eine Reaktion, aber Brady schaut mich nur verdutzt an und schweigt. Ob er sich vielleicht doch nur einen schnellen Urlaubsflirt mit mir erhofft hat? Unmittelbar schleichen sich zweifelnde Gedanken in meinen Kopf.

»Du kannst mich jetzt wieder ins Sea Turtle nach Altlantic Beach zurückschicken, dann sind wir quasi quitt!«, schlage ich ihm unsicher vor, in der Hoffnung, dass er nicht auf meinen Vorschlag eingehen wird. Langsam ziehe ich das kleine Ananas-Notizbüchlein, das ich am Vortag in dem kleinen Buchladen in Neptune Beach für ihn gekauft hatte, aus meinem Rucksack und strecke es ihm hin. »Und das wollte ich dir gestern eigentlich noch geben, hat mich irgendwie an dich erinnert. Ich weiß ja nicht, ob du es gebrauchen kannst, aber du kannst es ja auch einfach in den Bungalow legen!«, murmle ich und suche entschuldigend seinen Blick. Endlich erhellt sich Bradys Gemüt und er lacht mich an.

»Das ist ein schöner Impuls, Heather! Danke für deine Mühen!«

Danke für meine Mühen? Will er mir jetzt sagen, dass ich brav und nett bin?

»Heather, hör zu, ich mag dich, und ich finde es außergewöhnlich, dass du extra hier hochfährst, um mir das persönlich zu sagen. Und dass du bei diesem Notizbuch an mich gedacht hast, ist wirklich süß!«, wieder schweigt er für einen Moment, fährt dann aber fort. »In gewisser Weise haben wir ganz schön viel gemeinsam: Ich schreibe dir einen Brief, du schenkst mir ein Notizbuch. Ich komme dreieinhalb Stunden zu dir gefahren, um mich bei dir zu bedanken, und du kommst dreieinhalb Stunden zu mir gefahren, um dich bei mir zu entschuldigen! Ich denke, wir sollten über einen Shuttlebus nachdenken!« Nun müssen wir beide auflachen. Erleichtert boxe ich ihm mit meiner Faust leicht in den Bauch.

»Heißt das, Entschuldigung angenommen?«, frage ich und suche seinen Blick.

»Entschuldigung angenommen!«, sagt er und greift mit beiden Händen nach mir und zieht mich die drei Stufen hinunter zu sich. »Ach, Heather!«, atmet er tief aus und legt sein Kinn auf meinem Kopf ab. »Du bist wirklich besonders!« Er zieht mich fester in seine Umarmung und beruhigt kuschle ich mich an ihn. Es ist einfach unglaublich, wie vertraut sich Bradys Nähe anfühlt. Für eine Weile bleiben wir so stehen und ich genieße den Moment mit jedem Atemzug.

»Hast du schon etwas vor heute Abend?«, fragt er mich nun, sich vorsichtig aus der Umarmung lösend.

»Nicht direkt«, antworte ich und er schaut mich geheimnisvoll an.

»Und indirekt?«

»Wenn du wissen möchtest, ob ich Zeit habe, könnte ich mir das, glaube ich, einrichten!«, sage ich schmunzelnd, »was wollen wir machen? Ehrlich gesagt bin ich am Verhungern!«

»Lass dich überraschen!«, erwidert Brady schnell und dreht mich galant mit seiner Hand von ihm weg. »Ich springe kurz unter die Dusche und dann ziehen wir los!«, ruft er mir zu und verschwindet im Haus. Die Tür zum Bungalow steht nun offen und ich trete ehrfürchtig ein. Sofort kommen mir Bilder in meinen Kopf und die wunderschönen Momente, die ich mit Steph hier erlebt habe. Ein Surren durchfährt meinen Kopf und das Gefühl, als würde eine von Magie geladene Spannung durch mich hindurchfließen. Ich höre, wie Brady die Dusche anstellt, und wenig später Gesang. Süß. Er wirkt erleichtert. Ob er sich wohl je wieder bei mir gemeldet hätte? Gerade als ich durch unser ehemaliges Schlafzimmer gehe, um aus der aufgeschobenen Terrassentür aufs Meer zu schauen, kommt er auch schon mit einem Handtuch um seine Hüften aus dem Bad. Unsere Blicke treffen sich und ich komme nicht darum herum, einen flüchtigen Blick auf sein Handtuch zu werfen.

»Gleich fertig!«, ruft er mir fröhlich zu und greift sich schnell ein paar Kleidungsstücke aus seiner Tasche, die neben dem Bett steht.

»Ich störe wirklich ungern, aber kannst du mir bitte kurz helfen, Brady?«

Ally steht jetzt an der Terrassentür und ist überall mit Dreck verschmiert.

»Das Bewässerungssystem im hinteren Waldabschnitt ist defekt und hat einen schönen Teich entstehen lassen, ich sag dir, das stinkt wie die Sau, richtig lecker!«

»Klasse! Und du siehst jetzt aus wie die Sau!«, gibt ihm Brady noch eins obendrauf. »Nur Ärger hat man mir dir, du bist schlimmer als jedes Kind, warum wühlst du auch darin herum?«

»Sorry, ich bin über einen Sprinkler am Boden gestolpert«, lacht er, »kannst du mir mal bitte die Tür zum Bad aufmachen und die Teppiche hier zur Seite schieben, sonst sieht der ganze Bungalow gleich auch noch aus wie die Sau!« Kichernd lausche ich den beiden. Sie scheinen wirklich sehr gut befreundet zu sein. Ich setze mich auf die Treppe vor der Veranda und schicke Steph einen Daumen nach oben und Herzchen. Kurze Zeit später erscheint auch Brady und zieht mich mit sich mit. Als wir seitlich ums Haus herumkommen, schiebt er sich hinter mich und hält mir dabei seine warme rechte Hand vor die Augen.

»Was hast du denn vor? Entführst du mich jetzt zum Stinketeich?«

»Vielleicht, kann sein, wart's ab!«

Ob er mich nun kidnappen wird? Schließlich bin ich allein mit Ally und ihm hier. Für einen Moment holen mich Szenarien von Horrorfilmen ein, in denen die unschuldige Protagonistin in die Falle ihres Mörders tappt, doch schon wenige Augenblicke später nimmt Brady seine Hand von meinen Augen und wir stehen unweit des Bungalows vor einem kleinen Motorboot.

»Hast du Lust auf eine kleine Bootstour?«, fragt er aufgeregt.

»Na klar, richtig Lust sogar!« Die Gedanken an den warmen Fahrtwind, spritzendes Salzwasser und an das Boot klatschende Wellen verwischen alle Horrorszenarien. Freudig klettere ich zu Brady ins Boot und wir düsen los. Wir springen nur so über die Wellen und immer wieder klatschen wir mit dem Boot auf das Wasser. Das Meer um uns versinkt in Glitzer und Schaum und der Bungalow verschwindet aus unserem Sichtfeld.

»Es ist herrlich, so schön!«, rufe ich ihm begeistert zu und beobachte Brady, der seine Rolle als Bootsführer sichtlich genießt.

»Du sagtest, du hast Hunger, richtig?«, ruft er mir mit einem fragenden Blick zu.

»Ja, ich habe heute vor lauter Aufregung noch nichts essen können!«

»Selbst schuld!«, antwortet er nur kurz und frech und wendet das Boot nun mit einer großen Kurve nach links ab. Für eine Weile brausen wir noch übers Meer, ehe wir immer langsamer werden und uns einem kleinen Hafen nähern. Auf einem großen Schild lese ich NORTH BEACH TYBEE ISLAND. Schräg dahinter versteckt sich ein Leuchtturm. Nachdem wir am Pier angelegt haben, gehen wir ein kleines Stück und nehmen auf der Terrasse des angrenzenden Restaurants Platz. »North Beach Bar and Grill« steht auf dem schönen Holzschild über dem Terrasseneingang geschrieben. Die Bar hat einen türkisfarbenen Anstrich und ist mit Holzpaneelen verkleidet. Vereinzelt mischen sich farbige Stühle unter das ansonsten holzfarbige Ambiente und über der Terrasse verlaufen Holzbalken, an denen Ventilatoren hängen.

»Wow, richtig cool hier!«, entfährt es mir, »gut, dass ich einfach zu dir gefahren bin, hätte ich weiterhin versucht, dich telefonisch zu erreichen, hätten wir uns womöglich nie wieder gesehen!«

Glücklich schnappt sich Brady meine Hand über den Tisch hinweg und schaut mir tief in die Augen. »Das stimmt so nicht ganz, aber dazu später mehr ... Jedenfalls möchte ich dir auch was sagen, Heather!«

Mein Herz beginnt direkt wieder etwas schneller zu schlagen.

»Es ist in der Tat nicht so, dass ich mir nach unserem Auseinandergehen gestern keine Gedanken um dich und mich - um uns - gemacht habe.«

Uns? Hat er das gerade wirklich gesagt?

»Du musst verstehen, die Beziehung mit Tiff war wirklich nicht leicht. Sie war immer misstrauisch und generell mit sich und allem unzufrieden. Ich habe lange versucht, dass sie mir vertraut und das Leben leichter nimmt. Wir haben uns immer wieder in den gleichen Diskussionen wiedergefunden und nur noch im Kreis gedreht. Es war hart. Ich habe irgendwann gefühlt, dass ich das nicht mehr will und für mich beschlossen, dass ich diese Beziehung nicht mehr möchte. Im Endeffekt sollte doch eine Beziehung eine Bereicherung sein - und keine Belastung!«

Mein Herz klopft jetzt bis zum Hals. »Ich finde es schön, dass du das mit mir teilst, danke, Brady. Ich verstehe deinen Abzug gestern jetzt besser, du suchst Leichtigkeit und Vertrauen, und dann komme ich aus dem Bad, wandle mich um hundertachtzig Grad und mache dir Vorwürfe!«

»Ja, so ein bisschen wie ein Drache, ich bekam es richtig mit der Angst zu tun!«

Beide müssen wir etwas lachen.

»Nein, aber im Ernst, an dem Abend, als ich dich bei *Al's Pizza* kennenlernen durfte, wusste ich bereits, dass ich dich noch besser kennenlernen möchte. Ich fand schon unser Telefonat vorab perfekt. Den Brief zuvor, einfach alles, unsere Geschichte ist quasi zu gut, um wahr zu sein.«

Für einen Moment schaut er mich an und schüttelt dann leicht seinen Kopf.

»Auf jeden Fall hast du mich mit deiner Anwesenheit so unerwartet aus dem Konzept gebracht, dass ich Ally und unser Arbeitswochenende im Bungalow komplett vergessen hatte. Also kam Ally angereist und ich war inzwischen schon bei dir. Er rief mich an und du warst im Bad – den Rest kennst du ja, haha! Er wusste natürlich längst von dir und mahnte mich zur Vorsicht. Er hat mich schon zehnmal darauf hingewiesen, ob ich mir im Klaren darüber sei, dass du aus London bist und die Sache zwischen uns ja nur auf eine Fernbeziehung hinauslaufen könne. Er weiß, wie eifersüchtig Tiff immer war. Ich habe dagegengeredet und ja, dann stand der Heather-Drache vor mir!«

Erneut müssen wir beide lachen und ich verstecke mein Gesicht hinter meinen Händen.

»Aber ist ja gut, so konnten wir wenigstens einmal ein paar wichtige Punkte ansprechen und Facetten durchleben, ehe du zurückfliegst!«, zwinkert er mir zu.

»Du meinst also, du könntest dir vorstellen, in Kontakt zu bleiben?«, frage ich vorsichtig, denn die Vorstellung, in ein paar Tagen zurück nach London zu reisen und mich von Brady zu verabschieden, macht mich nicht gerade glücklich.

»Vorstellen kann man sich vieles«, sagt er geheimnisvoll, »aber ich möchte es, ja! Sofern du das auch möchtest, natürlich!«

Für einen Moment schauen wir uns lächelnd in die Augen und ich nicke eifrig, es bedarf keiner ausgesprochenen Antwort. Als die Kellnerin die Speisekarten bringt, blinkt mein Handy und darauf erscheint ein großes rotes Herz von Steph. Ich schicke ihr gleich drei weitere zurück und lege freudig mein Handy zur Seite.

»Was hast du eigentlich vorhin im Baumarkt geholt? Ich habe gar keine Einkäufe bei dir gesehen?«, frage ich neugierig.

»Baumarkt? Den erwähntest du vorhin schon, wie kommst du denn darauf?«

»Na ja, Ally sagte, du seist dort, als ich nach dir gesucht habe!«

»Ach so, ja, Baumarkt!«, fügt er nun etwas unbedarft hinzu. Ein wenig stutzig studiere ich die Karte. Warum hat er eben so seltsam reagiert? Ich beschließe, cool zu bleiben und nicht weiter darauf herumzuhacken, schließlich ist ihm das Thema sichtlich unangenehm und ich will wirklich nicht in Tiffs Fußstapfen treten. Er wird schon seine Gründe haben. Wir bestellen Salat, Pommes und Fisch und lassen es uns schmecken. Es tut richtig gut, endlich was im Bauch zu haben. Als wir fertig sind, zahlt Brady.

»Komm, ich möchte dir etwas zeigen!«

Neugierig gehe ich, an seiner Hand geführt, mit ihm mit. Er führt mich an eine Stelle am Strand, unweit unseres Bootes. Er zeigt auf einen kleinen abgesperrten Bereich im Sand und ich erkenne unzählige kleine Eier. Fragend schaue ich ihn an.

»Das sind Schildkröteneier! Hast du sowas schon mal gesehen? Sie schlüpfen bald und finden dann zum ersten Mal ihren Weg ins Meer, den großen, weiten Ozean! Ist das nicht unfassbar spannend?«

»Oh ja, das ist es! Ich wünschte, ich könnte das einmal erleben!«, stoße ich aufgeregt hervor und kuschle mich ein wenig an seinen muskulösen Oberarm.

»Ich schicke dir dann Fotos, oder nein, wir machen einen Videocall, dann kannst du live dabei sein!«, verspricht er mir mit einem festen Händedruck. »Komm, lass uns zurückfahren, bevor es dunkel wird, ich möchte dir noch etwas zeigen.«

Ein bisschen rumort die Baumarktgeschichte noch in mir, aber ich bemühe mich tapfer, die Zweifel wegzudrücken. Als wir wieder am Strandabschnitt hinter dem Bungalow ankommen, beginnt es bereits zu dämmern. Vor dem Bungalow empfängt uns ein wunderschönes offenes Feuer in der Feuerstelle. Verdutzt schaue ich zu Brady, aber dieser schweigt und bemüht sich, das Boot am Steg zu befestigen.

»Wer hat dieses Feuer gemacht, meinst du, es war Ally? Aber wo ist er? Ich sehe ihn nirgendwo?«

Als wir vom Boot steigen, erkenne ich, dass um die Feuerstelle herum viele kleine Kissen liegen und ein Tablett mit Getränken bereitsteht.

»Sind hier eventuell doch Gäste?«

»Shhh!«, erwidert Brady und legt mir vorsichtig seinen Zeigefinger auf den Mund. »Das war Ally, du kleine Frau Scotland Yard, du darfst deinen Scharfsinn für einen Moment abschalten und einfach mal genießen!«, grinst er mich an.

»Aber … woher weiß er …?«

»Na ja, manche nennen es Baumarkt, andere Vorbereitungen treffen …«, zwinkert er mir zu.

Eine Welle der Erleichterung überkommt mich. Brady ist wirklich unglaublich.

»Aber wie konntest du etwas vorbereiten, wenn du doch gar nicht wusstest, dass ich kommen würde?«

»Du kannst es wohl nicht sein lassen, oder?« Jetzt kitzelt er mich am Bauch und hebt mahnend den Finger. »Du musst nicht alles wissen!«

In diesem Moment sehe ich Gregory vor mir und muss lachen. »Gregory?«, stoße ich fassungslos hervor. »Er hat geplappert, stimmt's?«, strahle ich Brady an.

»Okay, Sheriff, hundert Punkte!«, lacht er und schüttelt fassungslos den Kopf. »Schluss jetzt, sonst lösche ich das Feuer sofort und mach die Flutlichter an!«

»Okay, okay, ich gebe ja Ruhe!«, sage ich zufrieden aufgrund meiner erfolgreichen Ermittlungen und schmiege mich ganz nah an ihn. Brady streichelt zärtlich meinen Kopf und wir lauschen dem Knistern des Feuers. Mein Herz tanzt aufgeregt in meiner Brust. »Brady?«

»Sind der Inspektorin noch weitere verdächtige Dinge aufgefallen, die mit dem Tatbestand in Zusammenhang stehen könnten?«, erwidert er umgehend und ich schlage ihm auf den Brustkorb.

»Nein, aber in der Tat gibt es da etwas, dass ich dir noch anvertrauen möchte …«

Nun schaut mich Brady neugierig an.

»Weißt du noch, als du uns bei Al's Pizza von Maries Traum erzählt hast?«

Brady nickt aufmerksam.

»Nun ja, ich hatte in meiner Nacht im Ananas-Bungalow einen sehr ähnlichen Traum … Ich lief durch das Haus und über das Anwesen und suchte etwas …«

Bradys Augen weiten sich, um sich direkt wieder zu einem nachdenklichen Schlitz zusammenzuziehen.

»Und letzte Nacht, nachdem du gefahren bist, hatte ich ihn wieder!«

Ehrfürchtig schauen wir uns in die Augen.

»Ich will mich nicht aufspielen, aber ein bisschen merkwürdig ist das schon, findest du nicht?«

Nun zieht mich Brady an sich und hält meinen Kopf in seinen Händen. Lange schaut er mich an. Mein Herz rast bis zum Hals. Vorsichtig leckt er mit seiner Zunge über seine Unterlippe und schließt seine Augen, als würde er auf eine Antwort warten. Als er sie wieder öffnet, kommt er noch weiter auf mich zu, und unsere Lippen sind sich jetzt ganz nah. Heimlich versuche ich zu schlucken und schließe einfach meine Augen. Im selben Moment treffen seine vollen Lippen auf meine und wir zerfließen in einem langen Kuss. Seine Zunge umspielt meine und meine Bisse auf seinen Lippen fühlen sich an wie das Knabbern an einer Wolke. Ich kann nicht aufhören, mich in ihm zu verlieren. Ich spüre seine Hände an meinem Hinterkopf, in meinen Haaren, ich spüre seinen Atem, rieche seinen Körper und mein Herz pocht ganz wild. Für einen Moment halten wir inne, nur um uns lange in die Augen zu sehen, und verschmelzen direkt wieder in warmen, weichen Küssen, die mich alles vergessen lassen.

»Ich habe es gespürt«, sagt er nun. »Ich habe es direkt gespürt, dass bei dieser Sache das Universum im Spiel war.« Nachdem wir uns vorsichtig voneinander gelöst haben, schaut er sehnsüchtig in den Himmel. »Versprich mir, dass du immer auf die kleinen Zeichen und Wunder des Lebens achtgeben wirst, dann wirst du diesen Schatz finden!«, flüstert er ein wenig geheimnisvoll. »Erinnerst du dich auch an diese Worte? Mittlerweile glaube ich nicht mehr, dass das oder die Sache mit Steph und dir bloße Zufälle sind ... Ich vermute, da hatte jemand seine Hände im Spiel!«, lacht er und legt seinen Arm um meine Schultern. »Marie war eine ausgefuchste Spionin wie du, ihr würdet das perfekte Team abgeben, mich wundert wirklich nichts mehr, nicht mal von da oben kann sie Ruhe geben.«

»Nun, wenn du mir diese Qualitäten schon zusprichst, wie wollen wir das denn anstellen mit mir in London und dir hier, zwischen Tybee und Savannah?«, frage ich und setze meinen liebsten Blick auf, der mir gelingen mag.

»Du erwähntest ja schon, dass Fernbeziehungen und Eifersucht nicht so dein Ding sind ... Nicht, dass ich darauf stehe, aber einen

Versuch wäre es wert, oder?« Eifrig hänge ich meinem Blick noch zwei Augenaufschläge an.

»Nun ja, uns bleibt vorerst nichts anderes übrig, wobei ich schon ein, zwei Ideen hätte, ist ja nicht so, dass ich noch nicht darüber nachgedacht habe, nach Allys Versuch, mich zur Vernunft zu bringen.«

»Ally hasst mich wahrscheinlich sowieso … Erst vermassle ich ihm euer Wochenende, dann widersetzt du dich seinem gutgemeinten Ratschlag, dann bist du endlich bei ihm und ich stehe gleich vor der Tür …« Beschämt schlage ich die Hände über dem Kopf zusammen.

»Nein, easy, der versteht mich schon. Er kennt mich und hatte genau deshalb Angst, dass ich ihn hier zurücklasse, schließlich habe ich ihn wegen dir versetzt, das will was heißen!«

»Okay«, flüstere ich, umschmeichelt von seinen Worten und schiele wieder aufs Feuer. »Was hast du denn für ein, zwei Ideen?«, frage ich nun neugierig.

»Na ja, du sagtest ja, du hast gekündigt, ich gehe davon aus, dass du noch keinen anderen Job in Aussicht hast … Was ja hieße, du könntest den Sommer über ein bisschen hier sein … Und eventuell Gregory mit dem Bungalow helfen, also nur, wenn du Lust hast natürlich … Das Interesse am Bungalow nimmt merklich zu, und er wäre sicher happy über eine helfende Hand …«

Erstaunt schaue ich ihn an. »Das ist eine wundervolle Idee! Ich würde es lieben, mich dem Bungalow anzunehmen, ich könnte mir vorstellen, dass man ein Gästebuch organisiert, sodass alle Gäste ihre Wünsche aufschreiben und ihre Träume und Sehnsüchte darin verewigen können. Man könnte die Geschichte um das Vermächtnis ausformulieren und als kleine Vita von Marie an die Wand hängen!«, sprudeln die Ideen sogleich aus mir heraus.

»Ja, genau, so in der Art habe ich mir das vorgestellt!«, lacht er mich an und zieht mich in seiner Armschlinge gleich noch enger an sich heran, »nein, im Ernst, das klingt fantastisch!«

»Und was ist deine zweite Idee, du sagtest ja, du hast ein, zwei Ideen …«, bohre ich neugierig weiter.

»Ich war noch nie in Großbritannien, geschweige denn in London … Ich kenne es nur aus Filmen. Genauso wie Jahreszeiten … Ich würde unheimlich gerne ein bisschen Zeit dort verbringen und ein ganz anderes Leben kennenlernen, weg vom Strand und den ganzen

Erinnerungen, so magisch sie auch sind. Ein bisschen meinen Horizont erweitern, wenn du verstehst … Mal auf der anderen Seite fahren, Tee trinken anstatt iced coffee und mit diesem großen roten Doppeldeckerbus fahren!«

»Genug, genug!«, unterbreche ich ihn lachend und löse mich aus der Schlinge seiner Umarmung. »Im Ernst jetzt?«

»Ja, mein voller Ernst!«

»Cool, das klingt nach einem super Plan, aber schafft Gregory das allein mit dem Bungalow im Winter?«

»Ja, im Winter ist das das geringste Problem, der größte Andrang ist über den Sommer, im Winter schafft er das allein, und außerdem ist Ally hier … Aber ich denke, es wäre eine schöne Idee, um zu schauen, wohin uns dieser Auftakt trägt … Was meinst du?« Fragend, aber auch etwas unsicher schaut er mich an.

»Ich meine, dass ich deiner Meinung bin!«, antworte ich ihm und ziehe ihn an mich. »Ein paar mehr von diesen Küssen können aber nicht schaden, um herauszufinden, ob dieser Plan wirklich Sinn macht, denn eigentlich wollte ich nichts mehr planen!«, zwinkere ich ihm zu und wir versinken in einen langen Kuss neben der heißen Glut des ausgehenden Feuers.

Epilog

Unglaublich, wie sehr sich mein Leben verändert hat, seit ich vor wenigen Tagen genau hier an diesen Hallen am Heathrow Airport stand. Ehrfürchtig warte ich auf die Dame am Fundsachenschalter, die sich mit meiner Abholnummer auf die Suche nach meinem Laptop und Tagebuch gemacht hat. Die Eindrücke, Emotionen und Erlebnisse der letzten beiden Wochen wirken nach und entführen mich in eine ganz eigene Welt. Es war toll, Bradys Reaktion auf Maries Gemälde zu erleben, als ich es ihm kurz vor meiner Abreise am Flughafen mit den Worten »Das wolltest du doch noch sehen!« übergeben habe. Ich habe ihn darum gebeten, es für uns aufzubewahren.

»Ihr Herz hat uns zusammengeführt, ich werde es in Ehren halten, bis wir beide ihm ein ehrwürdiges Plätzchen geben können!«, war seine Antwort gewesen. Noch immer fühle ich mich wie in einer Blase und wie in einem Traum.

»Entschuldigen Sie bitte, sind das Ihre als vermisst gemeldeten Wertgegenstände?«, reißt mich die nette Dame aus meinen Gedanken. Freudig streckt sie mir die beiden Gegenstände entgegen. Gespielt glücklich bedanke ich mich, greife nach meinen Fundsachen und mache mich auf in Richtung Bahn nach Shoreditch. Ich ergattere einen Sitzplatz, lehne mich zurück und schließe meine Augen. Das Laptop und Tagebuch halte ich fest umgriffen. Es ist seltsam, wie fremd sich beide Gegenstände plötzlich anfühlen. Vor nicht allzu langer Zeit waren sie für mich unabkömmlich gewesen.

Ganz in der Nähe meines Büros steige ich aus und beschließe, die letzten zwei Kilometer bis zu meiner Wohnung zu Fuß zu gehen. Ich freue mich auf mein Zuhause. Die Vorstellung, die Umgebung meiner schönen Wohnung nun endlich genauer erkunden zu können und mein kleines Reich zu genießen sowie die Aussichten auf einen Sommer in Georgia, könnte nicht schöner sein. Als ich vor dem Büro ankomme, gehe ich hastig die breiten Treppen hinauf, durch die Drehtür in das Gebäude und übergebe das Laptop mit meiner handschriftlichen Kündigung der Empfangsdame. Zufrieden springe ich - samt Reisetasche, Rucksack und Tagebuch unter meinem Arm - die Stufen hinunter auf den Gehweg. Der letzte Schritt in Richtung Freiheit ist getan. Ein kleines Stück die Straße entlang, stoße ich auf den Kanal. Normalerweise bin ich hier immer nur hastig entlanggejoggt, aber heute verfalle ich dem Charme dieser Gegend. Die Sonnenstrahlen, die sich im Wasser spiegeln und den Kanal in einem wunderschönen Glanz erscheinen lassen, laden mich zum Verweilen ein, und ich mache es mir ein paar Schritte weiter bei den Hausbooten auf einer Parkbank bequem. Das Tagebuch halte ich nach wie vor fest umklammert in meinen Händen. Ein Teil in mir wartet darauf, dass das Gefühl zurückkommt, mich mit ihm verbunden zu fühlen, aber ein anderer Teil in mir spürt einfach nichts. Ich denke an Steph und freue mich darauf, sie nächste Woche wieder zu treffen. Ich zücke mein Handy und sende ihr ein Foto.

> *Nächste Woche lade ich dich auf einen Spaziergang mit Picknick hier ein! Ich habe noch eine Kleinigkeit für dich … Ich sage nur Ahoi, St. Augustine …*

Und nur wenige Sekunden später folgt auch schon ihre Antwort.

<3 Ich kann es kaum erwarten! Ich liebe den Regent's Kanal in Shoreditch!
PS: Ich bin gespannt, Mrs Sparrow …

Wirklich unglaublich, dass sie nur fußläufig im angrenzenden Viertel Angel wohnt. Aber wie sagte Brady so treffend, das kann alles mit reinem Zufall nichts mehr zu tun haben. Ein neues Graffiti sticht mir ins Auge. In großen, geschwungenen, bunten Buchstaben lese ich das Wort Zeit. Es muss neu sein, zumindest ist es mir zuvor noch nie aufgefallen. Es gefällt mir und regt mich zum Nachdenken an. Zeit, lese ich erneut und spreche das Wort laut aus. Ich lasse die Nachricht auf mich wirken. Welche Intention der Künstler wohl damit verfolgt? Ich bin jedenfalls glücklich, dass ich meine Zeit von nun an nicht mehr darauf verwende, auf den richtigen Zeitpunkt zu warten und es endlich geschafft habe, den Moment zu leben. All diese unzähligen kleinen Zeitpunkte sind schließlich »die Zeit«, auf die wir immer alle warten. Ich will mir keine Zeit mehr wegwünschen und ich möchte auch keine Zeit mehr verlieren. Alles andere ist doch nur eine trügerische Hoffnung auf einen Moment, der noch nicht da ist. Eine Illusion, wie all die ungelebten Träume in meinem Tagebuch. Warum auf eine Zeit warten, in der ich meine Träume leben kann, anstatt sie jetzt zu leben? Ein Glücksgefühl durchfährt mich. Bald schon werde ich wieder auf Tybee Island sein und gemeinsam mit Gregory den Besuchern des Ananas-Bungalows Gutes tun. Der Gedanke daran, Brady noch besser kennenzulernen und in seine Welt einzutauchen, lässt mich kurz zusammenzucken. Die Vorstellung auf einen anschließenden kuscheligen Winter mit ihm hier in London, wo es mir bisher eher trist erschien, und die neu entstandene, so wertvolle Freundschaft mit Steph durchfluten meinen Körper mit einem warmen und dankbaren Gefühl. Gerührt muss ich mir eine Träne der Erkenntnis unter dem Auge wegwischen: Ich habe es endlich geschafft. Ich lebe meinen Traum! Weitere Tränen der Dankbarkeit und der Erleichterung sammeln sich und bahnen sich nun ihren Weg über meine Wangen. Plötzlich kommt mir eine Idee. Ich schnappe mir einen Stift und schlage die letzte Seite meines Tagebuchs auf. Anschließend schließe ich es ein letztes Mal und gebe ihm einen festen Kuss, in tiefer Dankbarkeit für all die Jahre, in denen es mich durch das Warten auf den richtigen Zeitpunkt geleitet und meine Träume beherbergt hat. Ich laufe zu dem Graffiti und lege es darunter ab. Glücklich genieße ich noch ein paar Atemzüge mit geschlossenen Augen, ehe mich mein Handyton ins Hier und Jetzt zurückholt. Es ist Brady.

Hey babe, bist du gut gelandet, schon in deiner Wohnung, kurzum – noch am Leben?

Zügig tippe ich:

Ja, ich bin am LEBEN! Sogar mehr denn je!!! Ich bereite hier alles vor und kann es kaum erwarten, dich bald wieder in die Arme zu schließen! xoxo

Ich schnappe meine Tasche, meinen Rucksack, werfe einen letzten Blick auf mein Tagebuch und mache einen großen Schritt in mein neues Leben.

Lebe deine Träume und verschiebe sie nicht auf morgen! Fang am besten gleich damit an. Es ist leichter, als du denkst!
Alles Liebe,
Heather

Und auch ich wünsche dir alles Liebe und viel Spaß dabei!
Danke, dass du mein Buch gelesen hast und dadurch meine Träume wahr werden lässt!

Deine Sandra <3

***

Meine ersten beiden Bücher möchte ich dir ebenfalls gern ans Herz legen:

Lies dich glücklich

»Da bist du ja endlich!«, sagte das Mädchen, streckte die Hand nach mir aus und zog mich mit sich. Seine Hand war warm, sein Händedruck fest und bestimmend. Es schien gerade so, als hätte es nur auf diesen Moment gewartet. Das Mädchen zog mich fest hinter sich her, und ich folgte ihm.

»Lies dich glücklich« ist ein Sachroman und mein Erstlingswerk. Mit diesem Buch habe ich mir erstmals den Traum vom Schreiben erfüllt und wurde damit sogar Finalistin beim Amazon Kindle Storyteller X Award.

Ängste loslassen, einfach mutig sein, Selbstvertrauen haben und unendliche Lebensfreude empfinden? All das müssen keine Träume bleiben, so darfst du leben! Du stehst an einem Wendepunkt oder fühlst eine innere Leere? Du hast alles, was dein Herz begehrt, und dennoch fühlt es sich an, als wäre das nicht genug? Deine Gedanken kreisen, und du kannst den Moment oft nicht genießen? Dann ist mein Reiseführer ins Glück genau das Richtige für dich. Lass dich inspirieren und lies dich glücklich! Ich bringe dich zurück zu dir und, wenn du es zulässt, noch viel weiter!

Barfuß bis ans Meer

»Barfuß bis ans Meer« ist mein erster Roman. Ich erzähle darin die eine oder andere Geschichte, die ich, auch wenn es unglaublich anmuten mag, genau so erlebt habe. Lass dich überraschen und auf eine magische Reise nach Tel Aviv entführen.

Wütend reißt sich Kathy die High Heels von den Füßen und schmeißt sie direkt in den Abfalleimer unter ihrem Schreibtisch. Die vergangenen Monate haben beruflich und privat an ihr gezerrt. London fühlt sich nicht mehr richtig an, und ihr Leben schreit nach einer Veränderung. Kurz entschlossen verlässt sie barfuß ihr Büro und findet sich wenig später am Flughafen wieder. Ein One Way Ticket nach Tel Aviv befördert sie in eine ihr völlig neue Welt und Kultur. Es folgt eine abenteuerliche Reise in eine ihr bislang unbekannte Stadt, die sie mit ihrer Vergangenheit konfrontiert, ihr aber auch neue Wege aufzeigt. Nun liegt es an Kathy: Welchen Weg wird sie einschlagen?

Printed in Poland
by Amazon Fulfillment
Poland Sp. z o.o., Wrocław

16510897R00120